3個問號偵探團
8

幽魂陷阱

文 波里斯・菲佛
圖 阿力
譯 姬健梅

企劃緣起

現在，開始讀少兒偵探小說吧！

親子天下閱讀頻道總監／張淑瓊

閱讀也要均衡一下

爲什麼要讀偵探小說呢？偵探小說是一種非常特別的寫作類型，臺灣這幾年奇幻文學大發燒，類似的故事滿坑滿谷；除了奇幻故事之外，童話或是寫實故事也是創作和閱讀的大宗。偵探和冒險類型的小說相對而言就小眾多了。不過，偵探小說在全世界可是佔有很大的出版比例，光是看這兩年一波波福爾摩斯熱潮，從出版、電視影集到電影，就知道偵探小說的魅力有多大了。

但在少兒閱讀的領域中，我們還是習慣讀寫實小說或奇幻文學爲主，畢竟考試當前，升學掛帥，能撥出時間讀點課外讀物就挺難得了，在閱讀題材的選擇上，通常就會以市面上出版量大的、得獎的、有名的讀物爲主。殊不知，偵探故事是少兒最適合閱讀的類型，因爲它不只是一種文學，更是兼顧閱讀和多元能力養成的超優選素材。

成長能力一次到位

偵探小說是一種綜合多元的閱讀類型。好的偵探故事結合了故事應該有的精采結構、主角們在不疑之處有疑的好奇心和合理的懷疑態度，還有持續追蹤線索過程中的耐心與熱情，解答問題過程中資料的蒐集解讀、推理判斷能力的訓練，遇到難處或危險時需要的勇氣和冒險精神、機智和靈巧，還有和同伴一起團隊合作的學習，和面對彼此性格態度不同時的衝突調解和忍耐體諒。這些全部匯集在偵探小說的閱讀中，厲害吧！

閱讀偵探故事，可以讓孩子在潛移默化中培養好奇心、觀察力、推理邏輯訓練、資料蒐集能力、團隊合作的精神、人際互動的態度……等等。這麼優質的閱讀素材，怎麼能在孩子的閱讀書單中缺席呢！這就是爲什麼我們一直希望能出版一套給少兒讀的偵探小說系列。

閱讀大國的偵探啓蒙書

去年我們在法蘭克福書展撈寶，鎖定了這套德國暢銷三百五十萬冊、全球售出多國版權的【三個問號偵探團】系列。我們發現臺灣已經有了法國的「亞森羅蘋」、英國的「福爾摩斯」，還有我們出版的瑞典的「大偵探卡萊」，現在我們找到以自律、嚴謹聞名的閱讀大國德國所出版的「三個問號偵探團」，我們希望讓臺灣的讀者們也可以和所有的德國孩子一樣享讀這套「偵探啓蒙書」。跟著三個問號偵探團一樣，隨時準備好所有行動需要的工具，體會「空氣中突然充滿了冒險味道」的滋味，像他們一樣自信的說：「解開疑問就是我們的專長」。我們希望孩子們在安全眞實的閱讀環境中，冒險、推理、偵探、解謎！

推薦文

好文本×好讀者＝享受閱讀思考的樂趣

臺灣讀寫教學研究學會理事長／陳欣希

偵探故事是我最愛的文類之一。此類書籍能帶來「閱讀懸疑情節」和「與書中偵探較勁」的樂趣，但，能否感受到這兩種樂趣會因「文本」和「讀者」而異。以認知心理學的角度來看，「令人感興趣」即表示「大腦注意到並能理解」；容易被大腦注意到的訊息有兩種：新奇和矛盾，讀者愈能主動比對正在閱讀的訊息與過往知識經驗的異同，愈能將文字敘述轉為具體畫面並拼出完整圖像，就愈能享受閱讀思考的樂趣。但，正邁向成熟的小讀者，仍在培養這種自動化思考的能力，於是，文本的影響力就更大了。

了解前述原理，再來看看【三個問號偵探團】，就不難理解這系列書籍能讓人一口氣讀完而忽略長度的原因了。

「對話」，突顯主角們的關係與性格

文中的三位主角就像其他偵探一樣，有著「留意周遭、發現線索、勇於探查」的特質，不一樣的是，多了「合作」。之所以能合作，友誼是主要條件，但另一條件也不可少，即，各有專長。此外，更不一樣的是，這三位主角也會害怕、偶爾也會想退縮，但還是因爲友誼，外加「幽默」，讓他們即使身陷險境，仍能輕鬆以對。要如何感受到三位偵探間的深厚情誼以及各自鮮明的個性特質呢？請留意書中的「對話」！

「情節」，串連故事線引出破案思惟

情節安排常會因字數而有所受限制，或是案件的線索太明顯、眞相呼之欲出，連讀者都能很快的知道事件的原由；或是線索太隱密，讓原本就過於聰明的偵探一眼識破，而一頭霧水的讀者只能在偵探解說時才恍然大悟。這系列書籍則兼顧了兩者。書中的數個情節，看似無關，但卻有條細線串連著。只要讀者留意一些看似突兀的插曲，留意加入故事的新人物，其實不難發現這條細線，更能理解主角們解決案件的思惟。

【三個問號偵探團】這系列書籍所提到的議題，是十歲小孩所關切的。再加上文字描述能讓讀者理解主角們的性格與關係，讓讀者有跡可尋而拼湊事情的全貌。簡言之，對十歲小孩來說，此類故事即能帶來前述「閱讀懸疑情節」和「與書中偵探較勁」的雙重樂趣。對了，想與書中偵探較勁嗎？可試試下列的閱讀方法：

閱讀中

根據文類和書名以形成假設
（我知道偵探故事有哪些特色，再看到書名，我猜這本書的內容是什麼？）

←

尋找線索以形成更細緻的假設
（我注意到作者安排另一個角色或某個事件，可能與故事發展有關……）
（我注意到的線索、形成的假設，與書中偵探的發現有何異同？）

←

帶著假設繼續閱讀

←

連結線索以檢視假設
（哪些線索我比書中偵探更早注意到？哪些線索是我沒留意到？是否回頭重讀故事內容？）

推薦文

【三個問號偵探團】＝偵探動腦＋冒險刺激＋幻想創意

閱讀推廣人、《從讀到寫》作者／林怡辰

「老師，你這套書很好看喔！我在圖書館有借過！」、「我覺得這集最好看，老師這本你可以借我嗎？」自從桌上放了全套的【三個問號偵探團】，已經好幾個孩子過來「關注」：刺激、有趣、好看、一本接一本停不下來。都是他們的評語。

是的，【三個問號偵探團】就是一套放在書架上，就可輕易呼喚孩子翻開的中長篇偵探故事，每一本書都是一個驚險刺激的事件，場景從動物園、恐龍島、幽靈鐘、鯊魚島、古老帝國、外星人……光看書名，就覺得冒險刺激的旅程就要出發，隨著旅程探險，案件隨時就要登場！

故事裡三個小偵探，都是和讀者年齡相仿的孩子，十歲左右的年齡，帶著小熊軟糖、到達祕密基地，彼此相助和腦力激盪；勇氣是標準配備，細心觀察和思考是破案關鍵；好奇加上團隊合作，搭配上孩子最愛動物園綁架、恐龍蛋的復育、海盜、幽魂鬼怪神祕、幽靈船的膽戰心驚、陰謀等關鍵字。無怪乎，這套德國出版的偵探系列，一路暢銷、至今不墜，也輕易擄獲眾多國家孩子的心。

最值得一談的是，在書中三個小主角身上，當孩子閱讀他們的心裡的話、思考的模式：正面、善良、溫柔、正義；雖有掙扎，但總是一路向陽。讀著讀著，正向的成長性思維和不畏艱難的底蘊，輕鬆遷移到孩子大腦。

而且，這套偵探書籍和其他偵探系列的最大不同，除了場景都有豐富的冒險元素外，敘述和文字掌控力極佳，翻開書頁彷彿看見一幕幕畫面跳躍過眼簾，細節顏色情感，讀來感嘆萬千。不只偵探的謎底和邏輯，文學的情感和思考、情緒和投入，更是做了精采的示範！

在細緻的畫面中，從文字裡抽絲剝繭，一下子被主角逗笑、一下子就緊張的捏緊了拳頭。理解、整合、思考、歸納、分析，文字量適合剛跳進橋梁書的小讀者，當成偵探小說的第一次接觸。在享受文字帶來的冒險空氣裡、抓緊了書頁，靈魂跳進了迷幻多彩的偵探世界，大腦不禁快速運轉，在小偵探公布謎底前，捨不得翻到答案：「解開疑問就是我們的專長！」怎麼可以輸給三個問號偵探團呢！

就讓孩子一起乘著書頁，成爲三個問號偵探團的第四號成員，讓孩子靈魂一起在文字裡探索、線索中思考、找到細節解謎，享受皺眉困惑、懸疑心跳加速，最後較量著誰能提早解謎，在三個偵探團的迷人偵探世界翱翔吧！

推薦文

值得被孩子看見與肯定的偵探好書

彰化縣立田中高中國中部教師／葉奕緯

在破舊鐵道旁的壺狀水塔上，一面有著白藍紅三個問號的黑色旗幟，隨風搖曳著，而這裡就是少年偵探團：「三個問號」的祕密基地。

開頭便用破題的方式進入事件，讓讀者隨著主角的視角體驗少年的日常生活，也在他們推敲謎團並試圖解決的過程中逐漸明白：這是團長佑斯圖的「推理力」，加上鮑伯的「洞察力」以及彼得的「行動力」，三個小夥伴們齊心協力，冒險犯難的故事。

而我們未嘗不也是這樣長大的呢？與兒時玩伴建立神祕堡壘、跟朋友間笑鬧互虧、跟夥伴玩扮家家酒的角色扮演，和大家培養出甘苦與共的革命情感——我們都是佑斯圖，也是鮑伯，更是彼得。

從故事裡不難發現，邏輯推理絕不是名偵探的專利。我們只需要一些對生活的感知力，與一點探索冒險的勇氣，就能擁有解決問題的超能力。

某日漫步街頭，偶然看見攤販店家爲了攬客而掛的紅色布條，寫著這樣的宣傳標語：「感謝ＸＸ電視台、○○新聞台，都沒來採訪喔！」看似自我解嘲的另類行銷，其實也在默默宣告著：「我們沒有強大的外援背書，但我們有被人看見的自信。」

【三個問號偵探團】系列小說，也是如此。

沒有畫著被害人倒地輪廓的命案現場、百思不解的犯案過程，以及天馬行空的破案手法等各式慣見的推理元素，書裡都沒有出現；有的是十歲孩子的純眞視角、尋常物件的不凡機關、前後呼應的橋段巧思，以及良善正向的應對態度。

或許不若福爾摩斯、亞森羅蘋、名偵探柯南、金田一等在小說與動漫上的活躍知名，但本書絕對有被人看見的自信，也值得在少年偵探類受到支持與肯定。

我們都將帶著雀躍的心情翻開書頁，也終將漾著滿足的笑容闔上。

來，一起跟著佑斯圖、鮑伯與彼得，在岩灘市冒險吧！

目錄

人物介紹

名字：彼得・蕭

年齡：10

地址：美國洛磯灣區

我喜歡：游泳、田徑運動、佑斯圖、鮑伯

我不喜歡：被瑪蒂妲嬸嬸命令收拾整理、家庭作業

我長大後想做：專業偵探

名字：鮑伯·安德魯斯

年齡：10

地址：美國洛磯灣區

我喜歡：聽音樂、看電影、上圖書館、喝可樂

我不喜歡：被瑪蒂妲嬸嬸命令收拾整理、蜘蛛

我長大後想做：記者和偵探

名字：佑斯圖·尤納斯

年齡：10

地址：美國洛磯灣區

我喜歡：吃、閱讀、各式各樣未解的問題和謎團、拾荒

我不喜歡：被叫小胖子、被瑪蒂妲嬸嬸命令收拾整理

我長大後想做：犯罪學家

1

瑪蒂妲嬸嬸的懷疑

「佑斯圖．尤納斯！」瑪蒂妲嬸嬸扯著嗓門大喊，尖銳的聲音傳遍了整座舊貨回收場。「你太過分了！就算你最愛吃我做的櫻桃蛋糕，也不能把整個蛋糕都吞下肚呀！」

佑斯圖．尤納斯、鮑伯．安德魯斯和彼得．蕭在提圖斯叔叔的工具棚裡，聽見瑪蒂妲嬸嬸的叫喊，他們訝異的抬起頭。

「你嬸嬸在喊些什麼？」鮑伯問佑斯圖。

彼得替他的朋友回答：「她以為佑佑偷走了放在門廊上的蛋糕。或者應該說：她以為佑佑偷吃了那個蛋糕。這個猜測很合理，說到吞食櫻桃蛋糕，佑斯圖保證是世界紀錄保持者。」說完彼得咧開嘴笑了。

「少來！」佑斯圖搖搖頭說：「這段時間我都跟你們在一起，你們明知道我沒有偷吃蛋糕。再說，我從來不『吞食』，而是『享用』。」

鮑伯輕輕捶了佑斯圖一下。「那你大概也認為一條蟒蛇吞下一隻兔子是在『享用』牠囉？」

「不管怎麼樣，我們最好趕快過去看看發生了什麼事。你嬸嬸生起氣來可不是好惹的！」彼得一邊說，一邊打開工具棚的門。

三個問號先前躲進工具棚裡是為了商量一件麻煩事。從好幾天前開始，總是跟他們作對的瘦子諾里斯就緊盯著他們不放。他得知這三個朋友經常在岩灘市郊外碰面，一心想知道他們見面的地點。幸好諾里斯還沒有發現他們的祕密藏身處是一座廢棄的水塔，位在一段棄置不用的鐵軌旁邊。這座水塔從前是用來替蒸汽火車頭添水。由於那座水塔的外型像個咖啡壺，「咖啡壺」就成了三個問號對它的暱稱。現在他們必須想出對策，阻止諾里斯查出他們的祕密藏身處。

瑪蒂妲嬸嬸雙手叉腰站在門廊上，看見他們三個走過來，就對著他們喊：「喔，你們全都在這兒？親愛的小朋友，這個玩笑開得太過火了。首先，蛋糕至少要冷卻半小時以後才能吃；再說，你們也不能就這樣把蛋糕從門廊上偷走啊！」

「我們才不會這麼做！」佑斯圖生氣的喊。

「那蛋糕呢？」瑪蒂妲嬸嬸指著那張空空的桌子。「蛋糕本來放在這裡，現在卻不見了。而這裡除了你們之外沒有別人。你叔叔出去蒐集有用物資了。」

這座回收場上所有出售的二手貨和撿來的東西，提

圖斯叔叔都把他們叫做「有用物資」。他常說：「那些東西都還好好的，只因為物主不再喜歡它們，不表示就得把它們當成垃圾扔掉。」

瑪蒂妲嬸嬸仍舊盯著三個問號，她語氣堅定的說：「我沒法想像一個蛋糕會憑空消失。說吧，蛋糕到哪兒去了？」

佑斯圖看看四周，然後說：「我們也不知道，瑪蒂妲嬸嬸。會不會是提圖斯叔叔出門的時候當成點心帶走了？」

他嬸嬸氣呼呼的說：「那個蛋糕是我在他出門之後才烤的。」她用嚴厲的眼神盯著三個問號，「我總覺得是你們想要捉弄我。」

「可是我們為什麼要偷走您的櫻桃蛋糕呢？」鮑伯大聲說：「您反正會請我們吃啊，畢竟我們最愛吃您做的櫻桃蛋糕了！」

瑪蒂妲嬸嬸皺起了眉頭。「這樣說也沒錯。可是，也許你們是想轉移我的注意力？免得我拜託你們把這裡整理一下。後面那座廢棄物堆成的小山看起來實在很嚇人。」

鮑伯和彼得臉色發白。每隔幾個星期，瑪蒂妲嬸嬸就會請他們幫忙，而這幾個朋友最害怕的事就是整理這座舊貨回收場。要做這件事至少需要好幾個鐘頭——光是把那些舊輪胎和生鏽的金屬零件搬來搬去，許多個不用上學的下午就這樣泡湯了。

佑斯圖看著他嬸嬸說：「說實話，雖然今天天氣這麼好，我們的確不想幫忙整理這裡，但是我們沒有去碰那個蛋糕。不過，我們保證一定會找到那個偷蛋糕的人！」

瑪蒂妲嬸嬸搖搖頭。「佑斯圖，我真的希望你不是在戲弄我。」說完，她就轉身進屋裡去了。

鮑伯疑惑的看著佑斯圖。「你要怎麼找到那個蛋糕？難道你真的知道蛋糕在哪裡嗎？」

「我沒說我會找到那個蛋糕，」佑斯圖解釋，「我說的是我們會找到那個偷蛋糕的人。」

「可是要從何找起？我們根本一點線索也沒有。」彼得提出質疑。

「這個嘛，」佑斯圖開始揉捏他的下脣，「說不定瘦子諾里斯來過這裡。畢竟他從好幾天前就在跟蹤我們。」

彼得嘆了一口氣。「他真是個討厭鬼。我們已經一個禮拜沒去咖

啡壺了，因為他老是跟在我們後面。」

「可惜他就是不放棄。」鮑伯說：「真氣人，上次我們要把那堆漫畫書拿去咖啡壺的時候，被他看見了。」

佑斯圖聳聳肩膀。「那一次只是運氣不好。可是話說回來，我們的運氣也還是不錯。假如諾里斯沒有把我們攔下，問我們要去哪裡，而是悄悄的跟蹤我們，那他就會知道我們的藏身處在哪裡了。」

「可是，」彼得大聲說：「如果他這麼笨，那他怎麼會突然聰明起來，能夠把一個蛋糕從我們面前偷走？」

佑斯圖點點頭。「說得也是。我提議我們去把放大鏡和指紋粉拿來，先在現場尋找線索。」

2

神偷

三個問號回到工具棚裡。提圖斯叔叔把特別重要的工具存放在這裡。三個問號在一場夜間行動中，把他們從事偵探工作的一些工具暫時藏在這裡，至少要等他們擺脫了瘦子諾里斯的糾纏，才能再放回咖啡壺。

佑斯圖從一個舊床架下面拖出一個箱子，這時候，彼得驚訝的指著工作檯上方的牆面說：「鮑伯，佑斯圖，那些工具都到哪裡去了？」

在那面牆上，平常整整齊齊的掛著螺絲起子、鋸子、鐵鎚和鉗子，現在卻空蕩蕩的。佑斯圖一時愣住了，然後小聲的說：「不管是誰來過這裡，他的手法很巧妙。」

「可是我們才離開了一下，」鮑伯喃喃的說：「怎麼會有這種事！」

「顯然就是有。」佑斯圖走到工作檯前，伸出手東摸摸，西摸摸。「提圖斯叔叔如果看到，一定會氣瘋了。」

就在這一刻，院子裡傳來叮叮咚咚的聲響。

「有人在那裡！」鮑伯衝到門邊，向外張望，然後指著一座廢棄物堆成的小山說：「我覺得聲音是從那裡來的。」

「走！」佑斯圖發號施令，「我們一定要抓到他。」

三個問號朝著那座廢棄物小山的方向跑過去，從汽車零件和鋼梁之間的縫隙望進去。佑斯圖指著一個老舊的蒸汽壓路機，輕聲的說：「我們從駕駛座爬過去，這是進入這座小山的唯一通道。」

彼得睜大了眼睛看著佑斯圖。「如果我們等到你叔叔回來，會不會更保險一點？」

「我們現在就得抓住這個小偷。他就在裡面，我感覺得到。」佑斯圖說。

「如果他能進去裡面，那他一定不會太高大。」鮑伯要彼得放心。

三個問號一個推著一個，穿過生鏽的壓路機，進入那座廢棄物堆成的小山的內部。在壓路機後面，他們吃力的翻過一部洗衣機，小心的爬過幾部汽車，終於來到一堆又大又舊的卡車輪胎之間。

好幾個豎起來的輪胎一個挨著一個，中空的部分形成了一個狹窄的隧道，隧道盡頭有個小小的洞穴。佑斯圖指著那個隧道，驚訝的吐了一口氣：幾道光線從縫隙中射進來，在光線中可以看見瑪蒂妲嬸嬸的蛋糕盤子就放在隧道盡頭。只不過盤子已經空了，只剩下一些櫻桃蛋糕的碎

屑。提圖斯叔叔的工具就放在盤子旁邊。

「贓物在這裡，」佑斯圖說：「至少是殘留下來的部分。」

「可是把這些東西拿到這裡來的人在哪裡呢？」鮑伯問。

佑斯圖從那些輪胎中間望進那個洞穴，然後說：「裡面沒有人。」

「那他是怎麼離開這裡的？」彼得害怕的四處張望。

就連佑斯圖也想不透。沒有一點線索透露出那個不知名的小偷去了哪裡。「他本來應該會跟我們撞個正著才對。」佑斯圖承認。

「可是我們卻沒有撞見他。」彼得嚥了一口口水。

「這怎麼可能呢？」鮑伯小聲的問：「如果那是一個人，他總不會憑空消失吧？」

「你這話是什麼意思？」彼得說：「你的意思難道是有一隻動物偷走了蛋糕和工具？」

鮑伯搖搖頭說：「我不知道。」

彼得感到不安。「說不定也可能是個外星人。也許有一架故障的幽浮降落在這座回收場上。」

佑斯圖不耐煩的看著他的朋友。「你該不會真的相信這種事吧？」

彼得不自在的搖搖頭。「我不知道。可是如果不是這樣，我們不是應該要看見什麼才對嗎？」

「也許是吧，」佑斯圖小聲的說：「不過，也有可能是我們碰上了一個神偷！」

3

回收場上鬧鬼

三個問號從那座廢棄物堆成的小山爬了出來。他們先把工具放回工具棚，再把裝蛋糕的空盤子拿去給瑪蒂妲嬸嬸。

瑪蒂妲嬸嬸帶著懷疑的表情看著盤子上的蛋糕碎屑。「你們該不會是想騙我，說有人偷偷溜到我們家門廊上，還當著你們的面把蛋糕給吃了？不，小朋友，這些證據還是對你們不利。」

「可是，瑪蒂妲嬸嬸，你指的是什麼證據呢？」佑斯圖生氣的

問，「蛋糕也可能是你或是提圖斯叔叔吃掉的。說不定你會夢遊。」

瑪蒂妲嬸嬸皺起了眉頭。「我覺得我實在不可能在大白天裡夢遊，還吃掉了我自己烤的蛋糕。」

彼得和鮑伯也不相信是瑪蒂妲嬸嬸在夢遊中去到那座廢棄物堆成的小山，但他們很謹慎的沒有開口。至少瑪蒂妲嬸嬸暫時放過他們。

佑斯圖做出決定。「我建議我們埋伏起來。如果不弄清楚這裡發生了什麼事，不管是在這裡還是在咖啡壺，我們都不安全。」

「可是如果真的是外星人做的呢？」彼得大聲說：「假如我駕駛的太空船壞了，必須緊急降落，我也一定會先找東西吃，然後再找工具來修理太空船。」

佑斯圖用嘲諷的目光看著彼得。「拜託你用用大腦好不好，不要老想著你從電視上看來的那些舊影片！」

彼得聳聳肩膀。「不管怎麼說，這一切實在讓人心裡發毛。」

在三個問號的後方，提圖斯叔叔開著他的紅色小貨車進到院子。車上裝滿一箱箱的東西。

「哈囉，小朋友們！」佑斯圖的叔叔向他們打招呼。「你們在這裡正好，我從一座歇業的遊樂場弄到不少東西，如果你們肯幫我卸貨，我就給你們每個人一美元。」

接下來那一個鐘頭，三個問號氣喘吁吁、唉聲嘆氣的把那些沉重的箱子拖進工作間，提圖斯叔叔則進了屋子。

等到提圖斯叔叔再回到院子裡，彼得問他：「這些箱子裡都裝著什麼？」

提圖斯叔叔懶洋洋的把手一揮。「都是些不重要的東西。」他在三個問號的手裡各塞了一美元，一邊說：「瑪蒂妲在問，你們要不要留下來吃晚餐？」

彼得和鮑伯點點頭。搬箱子的工作讓他們肚子餓了。鮑伯輕聲對佑斯圖說：「這樣一來，我們也可以好好監視這座院子。」

等到三個問號在晚餐後從屋子裡出來，天色已經暗了。

「我們來站崗，」佑斯圖提議，「我們最好是繞著回收場巡邏幾圈。說不定那個奇怪的小偷還在這附近徘徊。」

「他為什麼要這麼做？」鮑伯問。

佑斯圖露出微笑。「畢竟我們找回了那些工具。說不定就因為這樣，他還會再來。那些工具可以算是我們的誘餌。」

「說不定會引誘外星人上鉤，他們需要那些工具來修理他們的幽浮。」彼得嘀咕著，「我只希望我們不會被綁架到火星上。」

三個問號悄悄的開始巡邏。在暮色中，那座廢棄物堆成的小山高高聳立。接著，在三個問號面前的黑暗中突然響起一聲喀嚓。

彼得抓住佑斯圖和鮑伯的衣袖。「那是什麼聲音？」

「小聲點！」佑斯圖蹲了下來。「如果我們看見他，就馬上叫提圖斯叔叔過來幫忙。」

在他們前方又是一聲喀嚓。三個問號朝發出聲響的地方悄悄走過去。就在這一瞬間，空中大聲的嘶嘶作響，接著冒出低沉的喘息。鮑伯嚇了一跳，「聽起來好像有個東西在呼吸。」

佑斯圖的心裡也有點發毛，另一方面，他又不願意相信真的有外星人，也不相信有什麼鬼怪。他勇敢的伸出手臂，打算抓住那個不知名的生物，然後他愣住了。

彷彿他踩進了一個力場，黑暗中忽然爆發出幾百道彩色光線，隨著一陣震耳欲聾的怒吼，一個巨大的生物聳立在他面前。它看起來就像一個巨人，身上披滿了由廢棄物構成的盔甲，頭部是橘色的，從身上伸出尖利的爪子還有像工具的奇怪手臂，高高的伸向天空。

佑斯圖呆住了。那個生物的大嘴發出喘息，鮑伯和彼得踉踉蹌蹌的向後退，彼得呼吸急促的說：「果然是外星人。」

就在這一刻，佑斯圖看見一條模樣像軟蟲的套索從那個生物身上發射出來，這條皮革般的東西對準佑斯圖飛過來，纏住他的脖子，開始收緊。「救命！」佑斯圖喘著氣，勉強發出呼喊。

可是彼得和鮑伯嚇得動彈不得，雙腳彷彿生了根，他們呆呆的看著那個怪物把樣子像工具的奇怪手臂伸向佑斯圖。

「快點來幫我！」佑斯圖拚命扯著那個套索。

「對，」彼得終於喊出聲，「鮑伯，我們快去幫忙！」

「好。」鮑伯也回過神來。他們一起用力去扯那個套索。

佑斯圖喘著氣說：「快，再用力一點！我不想被一個怪物勒死！」

佑斯圖把雙腳緊緊踩在地上，拚命去扯那條像軟蟲的套索。鮑伯和彼得也像在拔河一樣，用盡全身的重量。成功了！皮革般的套索從怪物身上斷裂，三個問號全摔在地上。此時，佑斯圖聽見身邊有個陌生的聲音害怕的喊道：「救命。」

佑斯圖不敢相信的看著握在手裡的長套索。難道這東西會說話？他轉過身去，可是除了他的兩個朋友和那個怪物，什麼也看不見。

就在這一瞬間，回收場上的探照燈全部亮起，從尤納斯家的門廊上傳出了開心的笑聲。「太棒了！真是個奇觀！」瑪蒂妲嬸嬸和提圖斯叔叔手牽著手，愜意的站在門廊上，朝三個問號望過來。

佑斯圖困惑的抬起頭來看。那條軟蟲般的套索還掛在他脖子上。提圖斯叔叔咯咯笑了，手裡拿著一個操縱盒，一條長長的電線連到那個怪物身上。

佑斯圖漸漸明白了剛才是怎麼回事。他仔細觀察那個怪物，發現那並不是個活生生的外星人，而是遊樂場鬼屋裡的一個舊玩偶。提圖斯叔叔開心的笑著說：「這個巨人是我今天在那座歇業的遊樂場拿到的。我聽瑪蒂妲說你們想要捉弄她，所以我們就想以牙還牙，也來捉弄你們一下。」

瑪蒂妲嬸嬸笑嘻嘻的說：「對不起啦，小朋友，可是這實在是個騙倒你們的大好機會！」

彼得鬆了一口氣。「我的媽呀，我還以為是火星人降落在這裡了呢！」他把鮑伯和佑斯圖從地上拉起來。

就在這一刻，佑斯圖又在身後聽見了那個聲音，它喃喃的說：

「我怎麼會來到這裡？」

佑斯圖馬上轉身去看，可是這一次他仍然什麼也沒發現。

4

妄想症

「你說你聽見了什麼？」鮑伯充滿疑問的看著佑斯圖。

「一個聲音，而且不止一次，而是兩次。它很清楚的說：『我怎麼會來到了這裡？』」佑斯圖搖搖頭，彷彿他也很難相信自己所說的話。

鮑伯和彼得剛剛抵達舊貨回收場，佑斯圖一早就打電話把他們從床上叫醒。

彼得緊張起來。「所以說，可能還是外星人。」

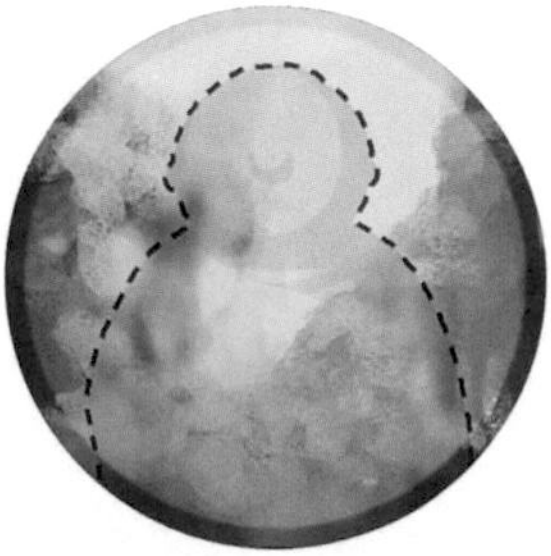

「這個嘛，」鮑伯說：「提圖斯叔叔用那個怪物開了一個很棒的玩笑。可是我們仍然沒有解開那個謎：是誰偷走了蛋糕？而那些工具又怎麼會跑到那堆廢棄物裡面？」

「這個謎當然還沒有解開，」佑斯圖同意鮑伯的看法，「我想了大半夜，可是怎麼也想不通。那個怪物是遊樂場鬼屋裡的一個充氣玩偶，今天一早我仔細檢查過，想聽聽看它是否會說話。可是它只會跳出來，甩出像軟蟲一樣的套索，同時發出閃光。但它沒有聲音。」

鮑伯看著佑斯圖。「如果一個人開始聽見並不存在的聲音，這是得到妄想症的徵兆，不然就是壓力太大了。」

「是囉，」佑斯圖沒好氣的說：「如果一個人五、六十歲了，而且像瘋子一樣拚命工作，是會出現這種情形。」

彼得笑嘻嘻的說：「也許是你用腦過度了。畢竟你總是認為要不斷的使用大腦，卻完全忽略了你的身體。」

「說不定也是因為瘦子諾里斯一直陰魂不散的跟蹤我們，讓你神經緊張。」鮑伯說。

佑斯圖不為所動。「我的大腦告訴我，我們應該要到咖啡壺去好好討論這個案子。這裡已經不安全了。不過，要小心別讓諾里斯看見我們。今天早上他有跟蹤你們嗎？」

鮑伯笑了。「他是想要跟蹤我們。可是後來他爸爸來了，要他去他們家開的酒館幫忙。諾里斯當場破口大罵！」

「那麼，我們至少不必擔心他會來找麻煩。」佑斯圖一邊說，一邊已經騎上了腳踏車。

不久之後，三個問號就騎在從岩灘市通往太平洋的道路上。一陣清新的微風伴隨著他們，空氣中帶有海水的鹹味。

當他們踩著踏板，佑斯圖一再回頭向後望。彼得嘲笑他說：「別人會以為你真的有妄想症。我們後面一個人也沒有。」

「是一個人也看不見。」佑斯圖強調，「這並不表示那裡一個人也沒有。」

彼得突然煞住了腳踏車。「佑佑，你真的神智不清了嗎？你總是說：『只有看得見、摸得著的東西才真的存在。』現在你卻突然說起看不見的生物？」

「我知道，」佑斯圖回答：「話是這樣說，但我總覺得有人在跟蹤我們。」

鮑伯和彼得盯著馬路看，在陽光下，路上空蕩蕩的。

「不，」鮑伯下了結論，「路上一個人也沒有。」

他們繼續往前騎。前方出現一條狹窄的岔路，他們必須在這裡轉彎，才能前往咖啡壺。這條小路沒有鋪柏油，路面是堅實的泥土。彼得忽然大聲喘氣，罵了一聲：「可惡，我的腳踏車怎麼了？」

鮑伯看著彼得把車子換到最低檔，使勁踩著踏板，於是開玩笑的說：「你大概是缺乏鍛鍊。」

彼得一張臉脹紅了，生氣的搖頭。「我的車輪一定是哪裡卡住了，根本就無法好好轉動。」他大聲說：「感覺就好像有人偷偷坐在後座，讓我載著他一起走！」

「立刻停車！」佑斯圖露出擔心的表情，猛然煞住了腳踏車。鮑伯和彼得也停下來。就在這一刻，彼得的腳踏車後面發出輕輕一聲喀嚓。佑斯圖緊緊盯著那個地方，卻什麼也沒看見。

「佑佑，你是怎麼了？」彼得大聲問：「你到底在看什麼？」

幾乎就在同一瞬間，一輛黑色大轎車停在路邊，兩名男子從車上跳下來。他們穿著深色西裝，戴著太陽眼鏡，來勢洶洶的盯著三個問號看。然後其中一人把一個黑色的小盒子對準了這三個男孩，按下盒子上的一個按鈕。

「你們在幹麼？」鮑伯問。

那兩個男子一聲不吭，拿著黑色盒子的那人搖搖頭，失望的說：「沒有反應。」

「可是，所有的跡象都顯示應該就在這裡。」另一個男子凶巴巴的說。

「沒有反應。」拿著黑盒子的男子又說了一次，「我們

繼續找！」他們又再盯著三個問號看。

「你們想幹什麼？」佑斯圖大喊。

那兩個男子仍舊面無表情，彷彿沒有看見三個問號，也沒有聽見他們在說話，隨即轉過身，一言不發的上了車，揚長而去。

三個問號不敢相信的看著那輛汽車開走。

5 佑斯圖失控了

鮑伯受到驚嚇，站在他的兩個朋友中間，不知所措。「這兩個傢伙是什麼人？」

「我覺得他們看起來像是抓鬼的，」彼得脫口而出，「要不然，」他故意停頓了一下，然後說：「就是要捕捉藏在地球上的外星人。」

「不管怎麼樣，反正他們不是修理腳踏車的師傅。」佑斯圖喃喃的說。

「修理腳踏車的師傅？」彼得困惑的看著佑斯圖。可是佑斯圖沒有回答，他脫掉外套，把一隻衣袖拿在手裡，自己開始像個陀螺一樣轉圈，手裡的外套跟著被甩得團團轉。接著他蹲下來，很快的繞著鮑伯和彼得轉了一圈，同時把外套向外甩。

彼得和鮑伯呆呆的看著他。終於，鮑伯忍不住說：「佑佑，你有什麼毛病嗎？那兩個傢伙把你怎麼了嗎？」

「我什麼毛病也沒有。正

好相反，我健康得很，」佑斯圖大聲說：「我只是想檢查一下，看看這裡除了我們之外是否還有別人。不過，看來的確沒有。」

「當然沒有，這一點我也看得出來。」彼得喃喃的說。

「現在動作快，我們要立刻騎到市場廣場去。」佑斯圖壓低聲音，偷偷的對他的朋友說，「走！」他跳上腳踏車，衝向前方。

鮑伯和彼得沒有別的辦法，只好跟在佑斯圖後面。彼得驚慌的問鮑伯：「這是怎麼回事？佑佑到底怎麼了？」

「我不知道，」鮑伯回答：「可是在這種情況下，我們絕對不能讓他離開視線。我真的很擔心他。」

二十分鐘後，三個問號抵達了岩灘市的市場廣場。這裡看起來就跟平常一樣，在波特先生的食品行前面搭起了各式各樣的攤位，噴泉周圍行人來來往往，消防隊員弗瑞德的雕像豎立在噴泉中央。

「在這裡我們應該暫時是安全的，」佑斯圖說，一邊從腳踏車上下來。「大家都知道，沒有什麼地方比在人群之中更安全。」

彼得和鮑伯又用詢問的眼神看看彼此，然後鮑伯說：「當然。不過，你究竟在怕什麼呢？」

「除了那兩個穿黑西裝的人還有那個神偷之外？」彼得接著問。

「害怕你所說的外星人。」佑斯圖說。

彼得跳了起來。「可是你明明說根本沒有外星人！」

佑斯圖露出神祕的笑容。「老實說，我還是認為沒有外星人。我

的猜想是，我們碰到了某種看不見的東西。那個東西攀附在你的腳踏車上，所以你才會突然踩不動。那兩個穿黑西裝的人顯然就是在找這個東西，不管他們是不是抓鬼的。」

鮑伯專注的聽著，然後對佑斯圖說：「你的意思是，我們碰到了一個隱形人？」

「沒錯。」佑斯圖回答，同時在噴泉邊緣坐下。消防隊員弗瑞德的雕像就豎立在他身後。這個消防隊員在一九零二年的一場大火中拯救了岩灘市，三個問號最近才發現了他的一個大祕密（註①）。水從弗瑞德手中的消防水管汩汩流出，流進噴泉裡。

鮑伯思索了一會兒，然後說：「所以你才那樣滑稽的甩著外套轉圈。你是真的想要知道那裡是否還有別人。假如真的還有別人在那裡，你的外套就會碰到他。」

「沒錯，這不是很合理嗎？你們當時就應該要想到才對。你們該不會以為我揮著外套轉圈是為了好玩吧？」

「喔，」彼得尷尬的說：「總之我很高興你還知道自己在做什麼。」

佑斯圖露出笑容。「這個猜測跟所有的線索相符：蛋糕和工具被神不知鬼不覺的拿走了；我好幾次聽見一個聲音在說話；彼得的腳踏車上也許載著一件看不見的重物；而那兩個穿黑西裝的傢伙用一具奇怪的儀器來照射我們。」

鮑伯點點頭。「假如我們沒有親身經歷過這些事，我會說這根本不可能，可是——」

「哈囉，原來你們這三隻小豬在這裡。」一個嘲諷的聲音響起。

不過，這一次，他們能清楚看見說話的人——瘦子諾里斯坐在他的摩

托車上，露出不懷好意的笑容，一邊舔著冰棒，一邊盯著三個問號。

「我本來還以為你們溜掉了呢。幸好你們就站在廣場中央，看著空氣發呆。現在我只需要等著，看你們什麼時候敢再去你們的祕密藏身處，到時候我就可以把那個地方搶過來。」

「噢，不妙，」鮑伯低聲嘀咕，「是瘦子諾里斯！偏偏在這個時候碰到他！」

註① 詳細故事請見【三個問號偵探團】系列故事2：《唱歌的幽靈》。

6

一個名叫哈利的聲音

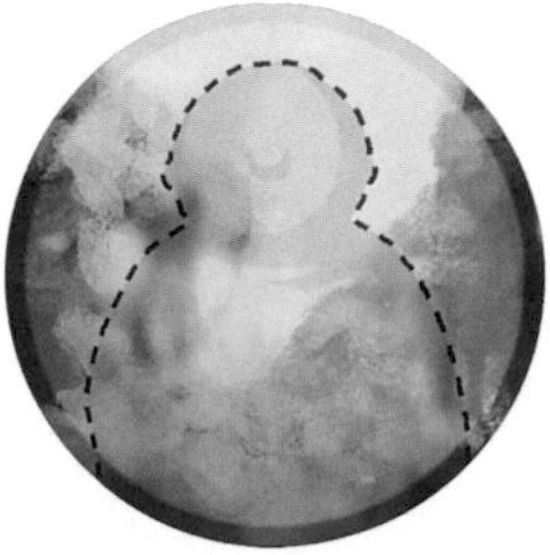

「怎麼樣啊，你們還不打算上路嗎？」瘦子諾里斯大聲說：「我也可以一邊騎車，一邊舔我的冰棒。」

佑斯圖嘆了一口氣。諾里斯又咧開大嘴笑了。

不過，佑斯圖之所以嘆氣不是因為諾里斯。一部黑色大轎車剛剛停下來，就停在諾里斯的正後方。車門被猛然推開，那兩個身穿黑色西裝、戴著太陽眼鏡的男子下了車。

「諾里斯！」佑斯圖喊道：「如果我可以給你一個建議的話，你還是趕快走吧。你在這裡只會惹麻煩，而我們目前沒有時間保護你。」

「保護我？我只會惹麻煩？」諾里斯拉長了臉。「這你可搞錯了，小胖子。我才是擺平麻煩的專家，而你們只是可憐的三隻小豬。」

佑斯圖聳聳肩膀，專注的觀察那兩名陌生男子。其中一人又從口袋裡掏出那個黑色小盒子，然後他們兩個慢慢的繞著廣場走。

諾里斯發現佑斯圖看著他身後，於是轉過頭去，看見那兩個身穿黑西裝的男子。「嘿，」他喊道：「如果你們是在找岩灘市最蠢的一群小鬼，那麼他們就在你們面前。佑斯圖．尤納斯是頭號笨蛋，另外兩個是次級笨蛋。」

他還沒把話說完，就突然被一隻看不見的手給推下摩托車，一屁股摔在地上。一個無形的聲音凶巴巴的說：「閉嘴，你這個愛說大話的傢伙。」

三個問號呆住了。諾里斯的臉色變得灰白。「這……這是哪門子的蠢玩笑？」他喘著氣說：「你們……是怎麼辦到的？」

那個無形的聲音忽然來到佑斯圖身旁，低沉的說：「親愛的，我現在會說腹語了。」

「可是……可是……」諾里斯結結巴巴的說：「你剛才明明推了我一下！」他掙扎著爬起來，深深吸了一口氣，然後氣勢洶洶的朝佑斯圖走過來。

「我還會再推你一下，如果你不馬上跳上你那部老舊的幼稚機車，移動你的大屁股。還有，你再跟蹤我們試試看。」那個聲音生氣的說。

「你居然敢把我的摩托車叫做『幼稚機車』？」諾里斯張開嘴大口喘氣，接著像是有一隻看不見的手抓住了他的衣領，慢慢把他提了起來。

諾里斯呆呆的看著佑斯圖。「你是怎麼辦到的？」

佑斯圖忍不住笑了。「我也不知道。不過，我覺得『幼稚機車』這個詞超酷的。」

「怎麼樣，你還不走嗎？」那個無形的聲音說。諾里斯又被放了下來，他默默的轉身，騎上他的摩托車，呼嘯而去。

三個問號困惑的看著彼此，然後佑斯圖小聲的問：「你是誰？」

那個聲音咳了幾聲，說道：「你們猜對了。我是隱形的，而且我非常需要你們的幫忙。那兩個穿黑西裝的人一直在追我。我必須拿回他們所使用的那具儀器，那具儀器是我的。」

三個問號驚訝的聽著，那個聲音就從他們面前的空氣裡傳出來。不管他們再怎麼睜大眼睛去看，還是什麼也看不到。不過，那聽起來像是人類的聲音。

佑斯圖最先回過神來。「請聽我說，不管您想要我們做什麼，請先告訴我們您是什麼人？叫什麼名字？」他有禮貌的問。

那個聲音說：「我叫哈利．貝克。」

佑斯圖感覺到有人握住他的手，搖了幾下。鮑伯和彼得睜大了眼睛，看著佑斯圖的右手一上一下的晃動。

那個聲音又說：「凱伊和卡斯特不擇手段的想要搶走我的發明。」

佑斯圖看看四周。那兩個穿黑西裝的人沒有注意到剛才在瘦子諾里斯身上發生的那一幕，此刻他們站在廣場的另一邊，背對著三個問號，正在搜查波特先生的小店。

佑斯圖問道：「那兩個人叫做凱伊和卡斯特？他們是什麼人？」

「我現在沒有時間解釋。」那個聲音急促的說：「他們馬上就會在偵測器上發現我，到時候我就必須離開。可是我需要那個偵測器，就是那個黑色盒子。他們用那個盒子就能看見我。」

彼得把手放在佑斯圖的肩膀上，壓低了聲音說：「佑佑，那兩個人壯得像猩猩，比我們要強壯十倍，我們鬥不過他們的。再說，我們也不知道這個聲音究竟是怎麼回事，不能確定它是不是在說謊。」

佑斯圖開始緩緩的揉捏他的下唇，然後小聲的說：「哈利，彼得說得沒錯。我們怎麼知道您是否誠實？到目前為止，您只替我們惹來了麻煩。」

那個聲音猶豫了一會兒，然後輕輕的說：「我可以證明那具偵測器是我的。偵測器底部的金屬上刻有我的名字。拜託你們幫幫我，你們無法想像，一直處於隱形的狀態有多麼可怕。我這樣到處跑來跑去，已經有一個星期了。」

「這我相信，」鮑伯說：「可是這並不表示您在其他的事情上沒有騙我們。」

佑斯圖點點頭。「不過，諾里斯絕對不會隨便讓人把他從摩托車上推下來，而且他看起來的確很困惑。」

佑斯圖又想了一下，看著面前的空氣說：「好吧，我們會幫忙。」

7

大白天裡鬧鬼

凱伊和卡斯特從廣場的另一邊走過來。哈利輕聲的說：「我得藏起來，那個偵測器能感應到體溫。請你們不要拋下我不管。」

彼得碰了碰佑斯圖。「你要怎麼證明那個黑盒子的確是他的？」

佑斯圖毫不猶豫的回答：「他說了盒子上刻有他的名字。」

「可是我們要怎麼從那兩個人手裡拿到那個盒子？難道我們就這樣走過去，請他們把盒子借給我們看一下？」彼得做出不敢相信的表

情，「他們會把我們揍扁！」

佑斯圖露出微笑。「這件事當然不能靠蠻力來達成，而要靠我們的大腦細胞。之前諾里斯被嚇得結結巴巴，讓我想到了一個點子。」接著佑斯圖湊近他的兩個朋友，在他們耳朵旁邊小聲說出他的計畫。

佑斯圖是個好演員。在他兩個朋友面前，他一下子就換了個表情，看起來傻呼呼的。一分鐘之後，當他向凱伊和卡斯特跑過去，他的聲音聽起來就像個頭腦簡單的小男孩，他漲紅了臉說：「喂，你聽我說，他們兩個——」他指指彼得和鮑伯，「他們兩個不想再跟我一起玩。」佑斯圖用衣袖擦擦鼻子。「他們說你們在生氣，因為我得罪了你們。他們還說，你們跟在我們後面，是為了要揍我一頓。所以他們說，如果我不來向你們道歉的話，他們就再也不要跟我一起玩了。」佑斯圖生氣的跺腳，一邊伸手去抓凱伊的手臂。

「把手拿開！」凱伊凶巴巴的說。

「好，可是你們得先跟我朋友說，說你們接受了我的道歉。」佑斯圖堅持著，又伸出另一隻手去抓卡斯特。卡斯特手裡拿著那個黑盒子。

接著佑斯圖轉過身，拉著那兩名男子往噴泉的方向跑過去，對著彼得和鮑伯大喊：「喂，你們可以再跟我一起玩了。他們兩個不再生氣了，他們其實很和氣。」

鮑伯和彼得不高興的看著佑斯圖——至少表面上看起來是這樣。

鮑伯緊緊抿住了嘴脣，免得笑出聲來。彼得也拚命忍住了笑，用力扭著一雙手。看著佑斯圖把那兩個壯得像猩猩的男子拖著跑，這一幕實在太滑稽了。

「他們不再生氣了！」佑斯圖轉過身去面向凱伊和卡斯特，先搖搖頭，又點點頭，然後鼓起臉頰吹氣。

這是他給彼得和鮑伯的信號。

「儘管如此，你之前還是惹他們生氣了。」彼得用粗啞的聲音說。

「你總是惹得大家生氣，」鮑伯也用刺耳的聲音插話，「因為你愛吹牛。」接著鮑伯和彼得推了佑斯圖一把，把他推倒在卡斯特身上，他的頭撞到了卡斯特的肚子。

「見鬼了，」那個大塊頭惡狠狠的罵道：「可別把口水流在我身上！」

就在這一瞬間，佑斯圖的手像是湊巧放在那個黑盒子上面。他從那個驚訝的壯漢手中一把搶過那個偵測器，仔細檢查盒子的每一面。他在盒子底部找到了他想要找的東西：在那片金屬上清楚的刻著「哈利·貝克」。佑斯圖滿意的點點頭。

卡斯特生氣的從佑斯圖手裡把盒子搶回去。「閉嘴，胖子！」

「別再鬧了。」凱伊小聲的加上一句，舉起手來恐嚇著。

佑斯圖有了一個主意。他假裝在凱伊的威脅下害怕得大哭，撲在卡斯特身上。「我不胖，我只是比較壯。」他哭哭啼啼的說，一邊用力去踢卡斯特的小腿內側。

卡斯特慘叫一聲。佑斯圖伸手掃向那具偵測器，「噗通」一聲，那具儀器掉進了噴泉，冒出白煙，發出嗤嗤的聲音，沉入水中。

凱伊和卡斯特漲紅了臉，發出一聲哀嚎。他們盯著水池，看著那具儀器像隻發了狂的眼鏡蛇一樣在水中嘶嘶作響，跑來跑去。接著發生一件令人難以置信的事：在那陣白色煙霧中，一個人形漸漸顯露出來。一個矮小的男子露出大大的笑容看著佑斯圖。

「哈利！」凱伊尖叫出聲。

「抓住他！」卡斯特大喊一聲，兩人同時跳進噴泉裡。可是哈利的動作更快，他往旁邊踏出一步，從煙霧中消失了。三個問號只看見

凱伊和卡斯特在池水裡翻攪，在消防隊員弗瑞德的雕像下方，把嘶嘶作響的偵測器從水裡拿出來。

「可惡。」卡斯特大聲說。

「壞了。」凱伊叫罵著。

一個低沉的聲音在他們兩個背後響起。「這是怎麼回事？這裡可不是公共浴場！」雷諾斯警探走過來，皺起眉頭，看著這兩個站在噴泉裡的男子。「兩位先生，這可不行。你們的行為給小孩子做了壞榜樣。」

彼得和鮑伯終於忍不住放聲大笑，簡直停不下來。佑斯圖也咧開嘴笑了。

「對不起。」凱伊喃喃的說，從水裡爬出來。

「這下子成了落湯雞。」卡斯特嘟囔著，也從噴泉裡爬了出來。

然後他們兩個急忙朝他們的汽車跑過去，在廣場上留下溼漉漉的足跡。

佑斯圖滿意的看著他的朋友，讚賞的說：「做得好。剛才的演出可以贏得奧斯卡金像獎（註②）了。」

雷諾斯警探揚起了眉毛，問道：「我親愛的特別行動小組，這究竟是怎麼回事？我該知道嗎？」

註② 奧斯卡金像獎由「美國電影藝術與科學學院」頒發，用來獎勵優秀電影的創作，每年都會在洛杉磯舉行盛大的頒獎典禮，是美國電影界的盛事。獎項很多，包括最佳演員、最佳導演、最佳攝影、最佳劇本……等等，能夠獲得提名就是一件很光榮的事。

8

雷諾斯警探的疑慮

「一個隱形人？」雷諾斯警探皺起了眉頭。「你們知道我很看重你們。我也承認你們對岩灘市有很大的貢獻，我稱呼你們為我的『特別行動小組』不是沒有道理的。可是一個隱形人？我實在很難相信會有這種事。」

「我們看見他了。」彼得說。

雷諾斯警探忍不住微微一笑。「你要怎麼看見一個隱形人呢？」

「在水蒸氣裡，」鮑伯解釋，「那具儀器壞掉的時候，他出現了一下。」

警探在噴泉邊坐下來。「這一切聽起來很像是有人在裝神弄鬼。說不定是有人把你們騙倒了？也許是一個瘋狂的廣告手法？還是哪個電視臺的整人節目？這背後一定有個合理的解釋。人類是沒辦法隱形的。」

佑斯圖專心聽警探說話，一邊思索，一邊揉捏起他的下唇。「您說得完全正確。這件事聽起來相當瘋狂，也許我們真的被捉弄了。無論如何，我們必須記得我們是有可能受到捉弄。但也有可能是這個隱形人真的遇到困難，所以我們必須繼續追蹤這件事。」

「可是要怎麼進行呢？你們要怎麼追蹤一個隱形人？」雷諾斯警探嘆了一口氣。「唉，我知道，只要是你們想做的事，你們通常就會想辦法做到。不過，你們千萬不要跟那兩個穿黑衣服的人打交道，他們看起來不可信賴。」

「我們絕對不會跟他們來往，」彼得說：「如果他們再出現，我們會立刻通知您。」

「好，」雷諾斯警探從噴泉邊站起來，伸展了一下四肢。「如果你們查出了什麼，讓我有理由相信這整件事不是個玩笑，請記得告訴我。」

他露出微笑，又說：「就算這整件事是個玩笑，也請告訴我。好讓我有所提防。」他向三個問號揮手道別，繼續在岩灘市巡邏。

「雷諾斯警探實在很酷。」鮑伯說：「其他的大人碰到這種事一定會說我們在胡扯，他卻沒有這麼說，而是認真的看待我們。」

「他為什麼不該認真看待我們呢？」佑斯圖說：「畢竟我們從來沒有欺騙過他，他知道可以信賴我們。不過，現在該談正事了。」

「對，」彼得說：「現在我們要怎麼樣才能再找到這個隱形人？」

「我們到圖書館去，看看有沒有什麼關於哈利·貝克的消息。」鮑伯提議，「之後我們再想想該怎麼做。」

佑斯圖點點頭。「除此之外，我們還有一個線索。哈利·貝克說他變成隱形人有一個星期了。這就像是有兩個已知數和一個未知數的公式：有一個叫哈利・貝克的人在一個星期以前變成隱形人。因此我們要問的是：一個星期以前發生了什麼事？」

不久之後，三個問號出現在岩灘市市立圖書館，管理員貝寧小姐愉快的向鮑伯打招呼。

「我最喜歡的讀者，」她面帶笑容的說：「我剛收到幾本關於龍捲風和海嘯的新書。你想要看嗎？」

鮑伯露出微笑。「聽起來很吸引人，我改天一定會來向您借。不過，今天我們要找的是一個星期前的報紙。圖書館會把舊報紙收起來，對不對？」

「沒錯，在閱報廳裡。一個星期前有什麼大事呢？」貝寧小姐想了一下，然後高興的說：「啊，我知道了。在雷東多海灘舉行的國際衝浪大賽。你們一定是想知道誰贏得了比賽！對不對？」

彼得看著貝寧小姐說：「原來您也知道這個衝浪比賽。全世界最厲害的衝浪選手都來參加了。」

貝寧小姐露出得意的笑容。「在加州發生的事，沒有我不知道的。」她說：「不過，我不耽擱你們的時間了。祝你們閱報愉快。」

三個問號走進閱報廳。「我也很想參加一次這樣的衝浪比賽，」

彼得說：「我有把握，如果我多練習一下，我很有機會得獎。」

「你們想像一下，假如能夠有一個隱形衝浪板，」鮑伯說：「踩在那樣的衝浪板上，飛越海浪，看起來一定很棒。」

「你們知道嗎？」佑斯圖思索著，「現在我真的不確定把東西變成隱形究竟有沒有好處？還是說這其實是件危險的事？」

這三個朋友找出一個星期前的幾份日報。「我們得在地方新聞裡面找，」鮑伯說：「哈利一定不會是從很遠的地方來的，而那些稀奇古怪的事情總是放在地方新聞裡。」鮑伯的父親是《洛杉磯郵報》的記者，所以鮑伯對報紙和新聞特別熟悉。

三個問號默默的翻閱那幾份日報，然後彼得輕輕吹了一聲口哨。「這真是瘋狂，」他用手指在一則新聞上輕輕敲了敲，「真的有哈利．貝克這個人。在這份《范杜拉市標準報》上寫著哈利在那裡有一間實驗室，至少是曾經有過。你們聽一下！」

彼得把那則報導唸出來：「發明家哈利·貝克的實驗室遭人闖入破壞，貝克下落不明。」

「這是整整九天前發生的事。」鮑伯說。

佑斯圖看著他的兩個朋友。「那麼我們應該趕快出發，去仔細瞧瞧這間實驗室。」

9

隱身帽計畫

哈利．貝克的實驗室位在范杜拉市的市郊，山腳下的薄荷巷。三個問號從岩灘市搭巴士來到范杜拉市，再步行前往實驗室。警方用封鎖布條把那間小屋圍住，但是有一截布條被扯斷了，在風中飄動。大門被打破了，窗戶全都敞開。

「這裡看起來像是被龍捲風掃過。」鮑伯說。

彼得不安的看看四周。「我們還想在這裡找到什麼呢？已經有人來這裡大搜特搜過了。」

「這一點我很懷疑，」佑斯圖慢慢穿過大門，「如果來這裡搜過的人已經找到他要找的東西，那麼現在他就不會還在追蹤哈利·貝克。再說，我們首先要弄清楚的是這整件事究竟是不是真的。」

從屋子的外觀不難想見屋內的混亂，可是屋子裡的情況比想像中更糟。桌子、椅子還有實驗室的設備全都翻倒在地上，牆壁被鑽了洞，到處都是碎裂的玻璃器皿、實驗儀器和工具。

「假如有人在咖啡壺這樣亂翻的話，我這一輩子都不會放過他！」彼得看著這一片混亂，生氣的說：「這實在太過分了。」

佑斯圖也仔細看著眼前的景象。「在這裡亂翻的人很顯然是在找一個藏東西的祕密地方，像是保險箱之類的。你們看看，所有的東西都被砸爛了，就連牆壁都被鑽了洞。」

鮑伯點點頭。「佑佑，假如那些闖進來的人真的什麼也沒找到，那我們就只有一個機會能找到些什麼。」

佑斯圖露出微笑。「沒錯，鮑伯，我們必須在那些歹徒絕對不會去找的地方尋找。」

佑斯圖和鮑伯朝那張書桌走過去，桌面一片凌亂。

「你們兩個可以告訴我，你們是什麼意思嗎？」彼得走到他的兩個朋友身旁，目光掃過那張書桌。「這張書桌看起來就跟屋裡的其他地方一樣，像個垃圾桶。」

彼得說得沒錯。桌面上除了一盞翻倒的本生燈（註③）和打破的玻璃器皿，還有幾本翻開來的書、揉得皺皺的計算紙和一本薄薄的練習簿。

佑斯圖微微一笑。「書桌是個藏東西的好地方。」他向彼得解釋，「大多數的人會去保險箱或是哪個祕密的地方尋找祕密文件。所以，有個聰明的作法是，乾脆把這些文件擺在別人想不到的地方。」

「例如放在書桌或書架上。」鮑伯替佑斯圖把話說完。

彼得睜大了眼睛。「你們的意思是說……」

「對，」佑斯圖把那本練習簿從那盞本生燈下面抽出來，然後翻開。

練習簿裡是用手寫的筆記，三個問號同時讀出了第一句。然後彼得放聲大笑，「EPPAKNRAT TKEJORP——這是哪一種語言？難道哈利．貝克學過外星文嗎？」

「我不這麼認為，」佑斯圖說：「我倒認為他對歷史非常熟悉。」他從一面打破的鏡子上抽出一塊鏡面玻璃。「如果我猜得沒錯，這是歷史上最偉大的發明家使用過的一種祕密文字。他是第一個造出飛行工具的人，還是個有名的畫家！」

「哇，佑佑！」鮑伯拍拍佑斯圖的肩膀，「這真是個了不起的點子。」

「什麼點子？」彼得覺得被他的朋友蒙在鼓裡。「可以拜託你們跟

我分享你們的高明點子嗎？我一點也聽不懂。」

鮑伯微笑的看著他說：「義大利畫家兼發明家達文西用左右相反的文字來寫日記。要解讀這種文字雖然並非不可能，但是很困難。讓我們來看看，這份筆記是否也是用左右相反的文字寫成的。來吧，佑佑，我們來試試看。」

佑斯圖點點頭，把鏡子放在那行文字後面，然後對彼得說：「現在你再唸唸看。」

彼得看進鏡子裡，不由得喘了一口氣。他讀到的不再是EPPAKNRAT TKEJORP，而是PROJEKT TARNKAPPE（註④）。「隱身帽計畫？這是什麼意思？這種東西只有童話故事裡的小矮人才有，不然就是魔術師。」

「但是這也可能表示，我們碰到了一個真正的隱形人。」佑斯圖說：「我們把這本筆記拿走吧！鮑伯，我們還需要更多的背景資料，說不定你能找到關於隱身帽的更多資訊。我提議，彼得和我立刻動身去找哈利．貝克。」

「可是他會躲在哪裡呢？」彼得問。

佑斯圖思索了一會兒，然後說：「我覺得我們可以先去咖啡壺

找找看。上一次，當你的腳踏車突然變重的時候，我們就是在前往咖啡壺的途中。我想一定是哈利坐在你的車上。我猜想他是在尋找一個安全的藏身處——在我們把他從舊貨回收場趕走之後。」

註③「本生燈」是實驗室中常用的加熱工具，操作溫度比酒精燈高。

註④這兩個字是德文，意思是「隱身帽計畫」。

10

隱身帽的學問

回到岩灘市之後，彼得和佑斯圖騎車前往咖啡壺。幸好沒有發現瘦子諾里斯在跟蹤他們。

「儘管如此，我們還是要多多留意，他隨時可能埋伏在什麼地方等著我們。」佑斯圖提醒彼得。他們騎著腳踏車彎進那段舊鐵軌旁邊的岔路。

咖啡壺的屋頂上飄著那幅畫著三個問號的黑色旗幟，是鮑伯縫製

的。彼得和佑斯圖悄悄接近那座水塔，一邊檢查地上是否有腳印或折斷的樹枝，或是顯示出隱形人曾經來過的其他痕跡。可是他們什麼也沒發現。接著他們爬上進入這個祕密藏身處的梯子。

「我們手牽著手，從這一頭走到另一頭，就像在圍捕獵物一樣。」佑斯圖發號施令。

「好。」彼得說：「可是哈利．貝克有什麼理由要躲著我們呢？畢竟我們幫過他的忙。」

「你這樣說當然沒錯，」佑斯圖盯著進入咖啡壺的入口說：「不過，他也許是在緊急狀況下才請我們幫忙。不然，在那之後，為什麼他就沒有再出現過？」

「也許他是害怕那兩個像大猩猩的男子。」彼得猜測。

「也有可能是他在隱瞞什麼。無論如何，我們要做好最壞的打算。」佑斯圖說。

「如果他真的在裡面，我們要怎麼做？」彼得問。

「我們就跟他說話。」佑斯圖推開了入口的蓋板，喊道：「哈利·貝克，如果您在這裡，請跟我們說話。我們去過您的實驗室。」

從咖啡壺裡傳出來的只有沉默。佑斯圖失望的搖搖頭，然後和彼得一先一後爬了進去。他們手牽著手，一步一步的把裡面的空間檢查一次。佑斯圖看著彼得，悶悶不樂的說：「什麼也沒有。」

「那現在該怎麼辦呢？」彼得問。

佑斯圖考慮了一下。「我想，我們來把咖啡壺圍住，免得有隱形人偷偷跑進來。」他把一捆鐵絲遞給彼得，「我們把鐵絲繞在樹幹上，以腳踝的高度，繞著咖啡壺圍一圈。」

不久之後，這整片地方都用絆腳索圍住了。佑斯圖和彼得用草和樹葉把鐵絲偽裝起來，最後再把幾個可樂空罐綁在鐵絲末端。「這樣一來，如果哈利靠近了咖啡壺，我們就一定能聽見。」佑斯圖說。

「這是假設他沒有一直在監視我們。」彼得不安的看看四周。

他們把腳踏車藏好，再爬進咖啡壺。

雖然三個問號把他們的偵探工具暫時移放到舊貨回收場，咖啡壺裡仍舊放著許多漫畫書、糖果餅乾和幾罐可樂。佑斯圖打開一罐，喝了一大口。

就在這一刻，下面響起叮叮咚咚的聲音。彼得從木板的縫隙望出去。鮑伯站在小路上，盯著腳下看。接著他咧開嘴笑了，對他的兩個朋友喊道：「我明白了。這圈鐵絲別人幾乎看不見，有了這層防護，就一定不會有不速之客上門。」

鮑伯進到咖啡壺裡面後，掏出了哈利．貝克的筆記本。「隱身帽的歷史其實要比一般人所想的更為古老。」他說：「人類一直夢想著讓自己變成隱形。舉例來說，黑光劇場的藝術從很早以前就有了。這門藝術很簡單：把舞臺整個鋪上黑布，演員也穿上黑色衣服，觀眾就完全看不見他們了。」

彼得喊道：「沒錯，我們看不見在黑色背景前面的黑色物體！可是這樣一來，觀眾就什麼也看不見！」

「不對！」鮑伯說：「觀眾能看見演員身體沒有被黑衣服包住的部分，或者演員手裡拿著的東西。例如，如果一個身穿黑衣服的演員拿著一件東西在舞臺上移動，看起來就好像那件東西飄浮在舞臺上。」

「酷！」彼得思索了一會兒，說：「我也很想試試看。鮑伯和我

穿上黑色衣服，我們讓佑佑飄浮在半空中，這看起來一定很棒。」

「對啊，然後有一個大大的櫻桃蛋糕從空中朝我飛過來，我張開嘴巴，蛋糕就一塊塊的自動飛進我嘴巴裡。我們可以把這齣戲叫做《極樂鄉的佑斯圖．尤納斯》。」佑斯圖咯咯的笑了。「再繼續往下說，鮑伯，你還沒有把話說完。」

鮑伯點點頭。「我們都在漫畫書裡讀過隱形人，也在古老的傳說裡聽過隱身帽。科學家從好幾年前就在尋找一種纖維，能用來做成隱身大衣。誰穿上這種材質做成的大衣，別人就無法再看見他。事實上，直到今天，大家都認為沒有人能製造出這樣一種材質。不過，說不定哈利．貝克辦到了。」

「可是，如果讓他隱形的是一件大衣，為什麼他不乾脆把大衣脫掉？」彼得問。

鮑伯聳聳肩膀。「我也不知道。也許是有什麼東西壞掉了？」

就在這一刻，一陣叮叮咚咚的聲音輕輕傳來。佑斯圖立刻把手指放在嘴脣上，示意鮑伯和彼得不要出聲。然後他偷偷向外看，一看之下呆住了。「是凱伊和卡斯特，」他小聲的說，接著他的臉色變得蒼白，「而且不是只有他們兩個。」

鮑伯和彼得也擠到那道縫隙旁，望出去，看著那段廢棄鐵軌旁邊的小路。凱伊和卡斯特站在那裡，看著纏住他們的絆腳索。在他們身後還有另一個身影躲在灌木叢中，是瘦子諾里斯。

佑斯圖輕聲的說：「看來我們有了好幾個不速之客。」

11

緊急應變計畫「弗瑞德」

「諾里斯一定是跟在凱伊和卡斯特後面。現在他們兩個果然發現了咖啡壺，而諾里斯也發現了。」佑斯圖小聲的說。

「我根本沒想到他膽子會這麼大。」彼得小聲嘀咕。

「我們大概只好放棄這個祕密藏身處了。」鮑伯洩氣的說。

佑斯圖難過的點點頭。就在這一刻，下方的諾里斯轉了個彎，驚訝的盯著這座舊水塔。他看見那幅畫著三個問號的旗幟，咧開嘴傻笑，歡呼一聲：「這下我可逮到你們這三隻小豬了！」

看見諾里斯得意的笑容，彼得氣得臉色發白。他低聲說：「好吧，如果我們不得不放棄咖啡壺，至少我還可以揍他一拳。」他跳起來，想從水塔爬出去。

可是佑斯圖攔住了他。「等等，彼得！」他指指凱伊和卡斯特。那兩人聽見諾里斯的聲音，轉過身去，把他們的大手放在諾里斯的肩膀上。諾里斯立刻全身僵硬，動彈不得。只可惜三個問號聽不見那兩個壯漢對諾里斯說了什麼。不過，諾里斯立刻掉頭就跑，彷彿背後有鬼在追他。

「做得好，兩位先生。」彼得低聲說。

鮑伯搖搖頭。「儘管這樣，諾里斯還是看見咖啡壺了。」

「這件事我們晚一點再來思考，」佑斯圖小聲說。他急切的看著他的兩個朋友，「他們一定以為哈利躲在這裡。而由於諾里斯的愚蠢，他們可能會認為哈利和我們有某種關係。」

「可是事情根本不是這樣。」彼得提出反駁。

「話雖如此，現在他們盯上我們了。」佑斯圖回答，「我們只有一個機會來解除這個困境。我們得讓他們以為哈利真的躲在這裡，同時要避免讓他們看見我們。」

鮑伯睜大了眼睛。「可是這怎麼辦得到？難道我們要變成隱形人嗎？」

佑斯圖悄悄爬到咖啡壺的另一端，從一個箱子裡拿出一捆釣魚線，遞給彼得。「我們首先執行緊急應變計畫『弗瑞德』，再設法把他們引開。」

「緊急應變計畫『弗瑞德』？可是我們從來沒試過。」彼得說。

「我有十足的把握，這個計畫會成功。」佑斯圖回答，「就這樣，一等到他們把頭伸進來，我們就行動。明白了嗎？」

彼得和鮑伯點點頭。佑斯圖小聲的說：「讓我們把爬竿準備好。」

緊急應變計畫「弗瑞德」是佑斯圖想出來的。靈感來自於他們看過的一部關於消防隊員的影片，是波特先生的爺爺拍攝的。這個計畫的名稱是為了紀念消防隊員弗瑞德——這個岩灘市的英勇消防隊員，在一九零二年的一場大火中拯救了這座城鎮。

三個問號盡可能悄聲的展開行動。緊急應變計畫「弗瑞德」是這樣的：把一根從學校裡拿來的舊爬竿固定在水塔的水管上，萬一原本進出咖啡壺的出入口被封鎖了，三個問號就可以順著爬竿溜下去。平時他們把那根爬竿綁在咖啡壺的一根支柱上，要執行緊急計畫時，就把水塔的兩塊木板掀開，再把爬竿固定在出水水管上。

「鮑伯，你負責監視凱伊和卡斯特，」佑斯圖發號施令。鮑伯從木板縫隙間向外看，佑斯圖和彼得則在咖啡壺的後端把木板掀開，小心翼翼的去拿那根爬竿。

佑斯圖輕聲的對鮑伯說：「在他們頂開入口的蓋板之前，我們還有大約十秒鐘的時間。」

佑斯圖和彼得小心的把爬竿的頂端固定在水管上。

「他們來了。」鮑伯迅速滑到他朋友旁邊，在咖啡壺入口蓋板的背面。

卡斯特的聲音從下方傳來。「凱伊，爬上去！」接著沉重的腳步踩上通往咖啡壺的梯子，咖啡壺搖晃起來。不久之後，入口蓋板就嘎吱嘎吱的被掀開了。

「哈利！」凱伊大喊，「哈利，如果你在這裡的話，我們也來了！很抱歉，我們不得不偷走你的電腦晶片，因為你不願意賣給我們。我們想跟你做個交易：我們讓你不再隱形，你則把隱身衣交給我們。」

他發出陰沉的笑聲。

佑斯圖看著彼得和鮑伯，隨即從牆上的縫隙擠出去。可是擠到一半，他停了下來。「哎呀，」他輕聲的說：「我想我太……」他話還沒有說完，彼得和鮑伯就已經明白了。他們屏住呼吸，把胖嘟嘟的佑斯圖推了出去。

「凱伊，裡面有人嗎？」卡斯特站在梯子上問。

「看起來沒有人。」凱伊猶豫的說。

「我們一起進去。你從左邊，我從右邊。」卡斯特下達命令。「如果他想逃，我們當中總有一個人能抓住他。」

凱伊和卡斯特小心的把頭從入口伸進來。在他們背後，彼得和鮑

伯像兩條蛇一樣溜到了外面。佑斯圖已經率先順著爬竿往下滑，彼得和鮑伯跟在他後面。兩秒鐘之後，三個問號就站在咖啡壺底下，看著那兩名壯漢的腿還站在梯子上。

「快躲進樹叢裡，」佑斯圖輕聲的說：「彼得，你負責引開他們的注意。用釣魚線鉤住樹枝，再鬆開，讓樹枝彈起來，看起來就像是有個隱形人跑走了。鮑伯和我之後在舊貨回收場和你碰面。我擔心凱伊和卡斯特也會去回收場找，我們一定要爭取到足夠的時間，好好做一下準備。然後我們得要找到真正的哈利。」

彼得點點頭，迅速鑽進樹叢中。他把釣魚線綁在幾根樹枝上，再把線鬆開。不久之後，凱伊和卡斯特就從梯子上爬下來。

「他溜走了。」凱伊發著牢騷。

「我本來很有把握他就躲在這裡！」卡斯特粗聲粗氣的說。

「也許是那幾個笨小孩又幫了他的忙。」凱伊不滿的說。

「等一下！」卡斯特把手指放在嘴脣上，另一隻手指著一叢在晃動的灌木。「凱伊，」他說：「我們走吧。我們來錯地方了。」他咧開大嘴露出獰笑，指著另一片在晃動的樹叢。

「好，我們走吧。」凱伊回答，也露出了奸詐的笑容。接著這兩名壯漢同時從梯子上跳下來，撲向那片樹叢。一陣打鬥之後，兩人手裡都拿著一根折斷的樹枝。

「他剛才明明在這裡。」卡斯特激動的咆哮。

彼得又扯動了另一根樹枝。

「他在那裡！」凱伊喊道，這兩名身穿黑衣的壯漢隨即消失在樹林裡。

佑斯圖和鮑伯趕緊往另一個方向跑。

12

佑斯圖的笑容

一個多小時後，彼得抵達了舊貨回收場。他兩眼發亮的說：「那兩個人現在在海岸邊亂走。我一路扔石頭，他們跟著那個聲音走。走到了海岸邊，我就把他們丟下了。」

「做得好，彼得！」鮑伯笑著說：「在這段時間裡我們也沒閒著。」「另外，我們現在知道凱伊和卡斯特的確偷了哈利的東西。這是他們在爬進咖啡壺的時候親口承認的。」佑斯圖又加上這一句。

彼得點點頭。「他們偷走了一個電腦晶片。一定是因為少了這個晶片，哈利才沒有辦法讓自己不再隱形。這整件事實在很瘋狂。」

鮑伯和佑斯圖帶著彼得走到舊貨回收場的一個角落。佑斯圖說：

「在我們去找哈利．貝克之前，我們得先擺脫那兩個壯漢和瘦子諾里斯的糾纏。諾里斯又在回收場前面晃來晃去了。不過，他沒有看見我們。」佑斯圖忍不住咯咯的笑了。「我想，現在他以為我們跟凱伊和卡斯特是一夥的，等著我們在這裡跟他們碰面。」接著他指著一輛舊卡車生鏽的車身。車身裡面鋪了黑布，擺著三張椅子和一張桌子。

「好好看著囉！」佑斯圖對彼得喊道。他走進卡車車身，坐在其中一張椅子上，然後在面前的桌上點燃一支蠟燭。燭光照在佑斯圖臉上，他面帶笑容，看著彼得。

彼得等待著，可是佑斯圖始終一動也不動。「佑佑，怎麼回事？你為什麼一直這樣傻笑？」彼得大聲問。

鮑伯忍住了笑。接著他們身後響起窸窸窣窣的聲音，彼得嚇了一跳，轉過身去，看見佑斯圖正朝他走過來。

佑斯圖披著一件黑色斗蓬，滿意的點點頭說：「成功了！」

「這不可能啊！」彼得脫口而出，「你明明坐在那張椅子上。還有，這是件什麼斗蓬？」

鮑伯忍不住哈哈大笑，說：「我不是跟你們提起過黑光劇場嗎？我們在這個舊卡車裡鋪上黑布，那張椅子上一直坐著一個櫥窗人偶，我們在它身上罩了一塊黑布，所以別人看不見它。佑佑剛才進去，把那條黑布從人偶身上掀開，罩在自己身上，先躲在人偶背後，再從車身側面的氣窗偷偷爬出來。」

「沒錯，」佑斯圖拍拍彼得的肩膀，「你以為是我去坐在椅子上，事實上卻是你把人偶當成了我。在閃動的燭光下，你無法看清楚它的臉。」

「這真是太瘋狂了！」彼得嚥了一口口水。「我真的沒有發現那是個人偶。這實在太棒了，沒錯，我們可以用三個櫥窗人偶來玩同樣的把戲！可是，我們要怎麼用這個花招來擺脫凱伊和卡斯特？如果他們進入卡車車身，就會發現那只是人偶。」

佑斯圖點點頭。「等他們一進去，我們就把他們關在裡面。我們先用一把鎖把氣窗鎖住，再走到前面把門拴上。至於誘餌——」

「佑斯圖！」瑪蒂妲嬸嬸的聲音響徹了整座院子。

三個問號趕緊讓另外兩個人偶也坐在椅子上，再用黑布把三個人偶都蓋住，在黑色的背景前面，它們就隱形了。然後他們朝著瑪蒂妲嬸嬸跑過去。她站在門廊上，端著一個很大的櫻桃蛋糕。

瑪蒂妲嬸嬸說：「雖然我還是不知道那個蛋糕到哪兒去了，但我現在相信偷蛋糕的人不是你們。我很了解你們，假如是你們吃掉了，你們會跟我說的。我又烤了一個蛋糕，你們願意吃一塊嗎？算是我跟你們和解。」

「當然願意！」佑斯圖、彼得和鮑伯異口同聲的說。

沒多久，三個問號就開心的圍坐在門廊上的桌子旁大嚼蛋糕。瑪蒂妲嬸嬸看著他們，心情愉快。「你叔叔和我待會兒要去劇院，」她向佑斯圖說：「希望我們回家的時候，你已經刷好牙，上床睡覺了。」

佑斯圖露出笑容說：「沒問題。」他嘴裡還塞滿了蛋糕，又問：「你們要看哪一齣戲？」

「一齣偵探劇，」瑪蒂妲嬸嬸說：「叫做《捕鼠器》。」

佑斯圖點點頭。「這齣戲很有名，劇本是英國暢銷作家阿嘉莎·

克莉絲蒂（註⑤）寫的，是公認的經典作品。」

瑪蒂妲嬸嬸不可置信的搖搖頭。「你腦袋裡到底裝了多少東西啊，佑斯圖，你總是令我驚訝。我實在很難相信你還能再塞進一塊櫻桃蛋糕。」

「可是瑪蒂妲嬸嬸，櫻桃蛋糕又不是進了我腦袋，它填滿的也不是我的胃——你做的櫻桃蛋糕其實是滋潤了我的心靈！」

瑪蒂妲嬸嬸在這番恭維下露出笑容，彼得和鮑伯也笑了。

半小時後，瑪蒂妲嬸嬸和提圖斯叔叔坐上那輛紅色小卡車，出發前往岩灘市區。

佑斯圖小聲的說：「《捕鼠器》這個劇名也很適合我們今天的行

動。」

彼得看看佑斯圖，然後吐了一口氣說：「但願事情會成功！」

「我們只需要等著凱伊和卡斯特在這裡出現。反正我們已經準備好了。」佑斯圖說：「對了，我先前還沒說完的是：這一回，我們的釣餌是瘦子諾里斯！」

註⑤阿嘉莎·克莉絲蒂（Agatha Christie 1890-1976）是英國著名的推理小說作家。她一生創作過的推理小說超過八十部，被翻譯成多種語言，受到世界各地讀者的喜愛。《捕鼠器》這齣劇作首次演出是在一九五四年，一直到今天都仍在劇場上演。

13

捕鼠器

「諾里斯到底躲在哪裡呢？」鮑伯從舊貨回收場圍籬的縫隙偷偷望出去。話才說完，他就看見他們的死對頭。瘦子諾里斯躲在路邊一叢灌木的後面，監視著回收場的大門。

鮑伯說：「他在等待。既然這樣，我們就幫他一個忙，再露個臉給他瞧瞧。」

彼得從鮑伯的肩膀上望出去。「不知道他以為凱伊和卡斯特是什麼人？」

「他以為他們跟我們是一夥的。我們就讓他繼續這樣想吧！」佑斯圖一邊說，一邊拉著他的兩個朋友往回收場的大門走。

「朋友們，」佑斯圖故意大聲說：「既然凱伊和卡斯特讓我們終於擺脫了瘦子諾里斯的糾纏，我們可以放心的慶祝我們的祕密俱樂部重新開張。」佑斯圖從口袋裡掏出一面旗幟，鄭重其事的插在大門旁邊。旗子上用斗大的字母寫著：SWENE。

佑斯圖大聲說：「在此我宣布SWENE重新開張。」他把手指交叉，吹了一聲響亮的口哨，彼得和鮑伯也跟著做了。

「佑佑，SWENE是什麼意思？」鮑伯小聲的問。

佑斯圖偷偷笑了。「很簡單：是Skinny wird es nie erraten這五個字的第一個字母。意思是：瘦子永遠猜不到。」

就在這一刻，從馬路上傳來汽車煞車的聲音。佑斯圖看看四周。「喔，凱伊和卡斯特終於來了，速度就跟平常一樣快。我們這就展開行動吧。」

三個問號迅速跑回院子。圍籬後面有一個瘦削的身影在悄悄挪動。鮑伯通報：「諾里斯過來了。」

「好，那我們要好好演一齣戲給我們的觀眾看。」佑斯圖說。

在佑斯圖的率領下，三個問號跑到那輛舊卡車旁邊。他們從眼角餘光看見諾里斯偷偷跟在他們後面，而兩個穿黑衣的高大身影也跟在

諾里斯後面走進這座舊貨回收場。

「要抓老鼠得用肥肉做餌，」佑斯圖小聲說，接著把手臂高高舉起，「噢，隱形人，」他用吟唱的聲音大聲說：「現身吧，向我們揭示你的祕密！」

「你別演得太過火了。」鮑伯輕聲說。

「他們愈是以為我們笨，對我們就愈有利。」佑斯圖回答，又繼續吟唱起來：「噢，隱形人，向SWENE現身吧。」

三個問號手牽著手，一個接一個的走進了卡車車身。

彼得朝身後偷偷望了一眼，說：「諾里斯來了。」

「好。」佑斯圖假裝在一張椅子上坐下，同時把罩在一個人偶身上的黑布掀起來。他鑽到那塊黑布底下，點燃了一支蠟燭。這時候，從外表看起來，就像是佑斯圖坐在椅子上。鮑伯和彼得也把另外兩個人偶身上的黑布掀開，順勢鑽進黑布底下。

「好，」佑斯圖在黑布底下小聲說：「現在我們溜出去。」

「哈！」就在這一瞬間，諾里斯在卡車前面喊道：「這會兒你們躲進了一輛舊卡車。可是不管你們人在哪裡，我都找得到！」

三個問號趕緊一個接一個的從氣窗爬出來，接著把氣窗鎖上。

「嘿，你們變成啞巴了嗎？」諾里斯對著那三個人偶大吼，「算你們倒楣！現在我知道你們躲藏的那座水塔。我可不會忘記你們那兩個可惡的同夥把我從那裡給趕走了！」諾里斯跳上卡車。

「不要動！也不准出聲！」在他身後有人大喊。凱伊和卡斯特趁著諾里斯不注意的時候溜到他身後，跟著他跳上卡車，隨手關上沉重的車門。

「很好，」鮑伯小聲說：「他們以為那個隱形人在裡面，所以把車門關上了。這再好不過。」

佑斯圖已經繞到卡車後面，用一把大鎖扣住了車門。

這時候彼得也已經把氣窗鎖上，得意的宣布：「陷阱已經關上了。」

卡車裡傳出大聲咆哮。「哪裡來的這些蠢人偶？」凱伊破口大罵。

「櫥窗人偶。」卡斯特嘀咕著。

「小鬼，你來解釋給我們聽。」凱伊生氣的說。

「可是我不懂，」諾里斯可憐兮兮的回答：「剛才他們明明都還活生生的。」

彼得忍住了笑。「現在我們要怎麼做？」

佑斯圖考慮了一會兒。「演了這麼一齣戲之後，我們要再好好動動腦。」他說：「我們得要找到哈利·貝克！」

14

防彈背心

佑斯圖把他的朋友帶到提圖斯叔叔的工具棚。彼得用詢問的目光看著他：「佑佑，你一直說我們能夠找到哈利．貝克。可是我們要怎麼找？」

佑斯圖開始慢慢揉捏他的下唇，然後咳了兩聲，說：「我認為哈利不久之後就會跟我們聯絡。」

鮑伯咯咯笑出聲。「你打算用心靈感應跟他聯絡嗎？」

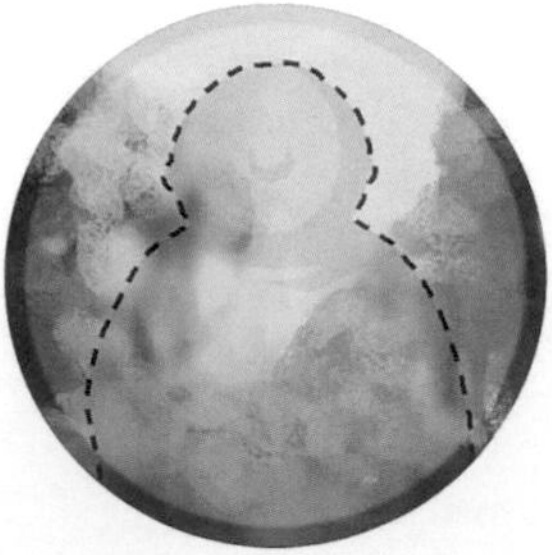

佑斯圖被逗笑了，他搖搖頭說：「沒那個必要。我們第一次遇到哈利是在這個回收場上。當時他顯然是肚子餓了，所以才偷吃了瑪蒂妲嬸嬸的櫻桃蛋糕，不是嗎？」彼得和鮑伯一致點頭。

「除此之外，」佑斯圖繼續往下說：「他也在尋找工具，對不對？」他的兩個朋友又點點頭。

「好，」佑斯圖露出微笑，「這可能表示他想要修理某個東西。」

「他的隱身衣！」鮑伯喊出聲。

「沒錯。」佑斯圖說：「從他用祕密文字寫下的筆記裡，我們知道他在進行一個跟隱身帽有關的計畫。而從我們在市場廣場上見到他的那一次看來，他的確製造出一件隱身衣。」

「我們也知道他無法再把隱身功能關掉，」彼得插話，「這也許跟一個電腦晶片有關。」

「那個凱伊和卡斯特從他那裡偷走的電腦晶片。」鮑伯也補了一句。

「對，」佑斯圖露出滿意的笑容，「很顯然他需要那個晶片。目前他只能維持隱形。」

「這是我唯一弄不懂的地方，」鮑伯說：「為什麼他不乾脆用另一片晶片來取代被偷走的那一片呢？這應該不會很難吧？」

佑斯圖說：「這個嘛，如果我猜得沒錯，貝克先生待會兒就會親自向我們說明。鮑伯，麻煩你把貝克先生的祕密筆記放在這裡。我猜想他是在逃離實驗室的時候來不及把筆記帶走。」

「就這樣放在這裡嗎？」鮑伯用詢問的眼神看著佑斯圖。

佑斯圖點點頭。鮑伯迅速抽出那本練習簿，放在提圖斯叔叔的工作檯上。「現在呢？」

佑斯圖又露出微笑，沒有說話。

哈利．貝克的聲音在三個問號背後響起：「我的筆記！」

三個問號看見那張椅子被一隻看不見的手拉開，接著聽見椅子嘎吱作響，顯然是那個隱形人在椅子上坐下了。

「貝克先生，我很高興我們能夠彼此信賴。」佑斯圖謙虛的說。

「我也很高興我能夠信賴你們。」那個聲音回答：「說也奇怪，隱形之後，一個人的猜疑心會變得更重，沒辦法完全信賴別人。我碰上的麻煩是：我雖然在我的隱身衣上裝了在必要時能關閉隱身功能的裝置，卻考慮得不夠周到。要關閉隱身功能，我必須輸入一個由數字構成的密碼。愚蠢之處在於我看不見數字按鍵，因為它也跟著一起隱形了。凱伊和卡斯特差點抓到我的那一次，這個裝置還滑動了一下，所以現在我不知道『1』是在哪個位置。」

「可是您可以把所有的數字都試著輸進去看看啊。」彼得說。

「可惜不行。我在設計這個裝置的時候，設定只要輸入三次錯誤的密碼，這個裝置就會自行摧毀。只有把那個晶片再裝進去，讓我能看見數字按鍵，我才能夠安全的讓自己不再隱形。否則我就會被燒死在隱身衣裡。」

佑斯圖嘆了一口氣。「這表示，如果您拿不回那個晶片，您就無法在不受傷害的情況下回復正常。」

「沒錯。我實在太蠢了。」哈利．貝克同意佑斯圖的結論，「而我實在不知道該怎麼拿回晶片。凱伊和卡斯特比我強壯得多。」

佑斯圖開始緩緩揉捏他的下唇，一邊思索。彼得和鮑伯知道這表示他在集中精神思考。

「凱伊和卡斯特究竟是什麼人呢？」鮑伯對著那張看似空無一人的椅子問。

那個聲音咳了幾聲，然後說：「他們經營一家保全公司。身為設計警報裝置的專家，我曾經和他們合作過。當我發明了我的隱身衣，我本來想要賣給他們。我以為保全人員如果能夠隱形，就更能夠好好執行監視的工作。可是有一天晚上，我穿上隱身衣到他們的公司去，本來是打算嚇他們一跳，結果卻發現一件可怕的事：凱伊和卡斯特坐在桌旁，計畫著一樁搶案。他們經營那家保全公司只是用來掩護闖空門的行動。一旦有許多人家裝設了他們的保全裝置，他們就打算去闖空門。我很生氣，就在他們面前現身，警告他們我會去報警。」

哈利重重的嘆了一口氣。「凱伊和卡斯特威脅我，然後整件事就失控了。我想讓自己再度隱形，以便能夠逃跑，可是要讓隱身衣啟動，需要一點時間。就在那時候，凱伊和卡斯特拿走了我的晶片，可

是隱身衣已經啟動，無法再關掉。從那以後我就成了隱形人，而他們一直想要抓到我。此外，卡斯特把那個晶片裝在他皮帶上一個封住的口袋裡，就算是扒手也很難拿到。他警告過我，如果我太接近他，他就會把晶片毀掉。」

佑斯圖點點頭。「所以說，我們必須讓他們兩個既不能抵抗，也無法摧毀晶片。」

「我們可以把他們麻醉。」彼得提議。

「我們沒有麻醉劑。」佑斯圖說。

鮑伯洩氣的說：「凱伊和卡斯特也不會乖乖的讓我們這麼做。他們兩個壯得像熊一樣，我們要怎樣才能從他們身上拿到晶片？彼得說得沒錯，只有當他們動彈不得的躺在我們面前才有可能。」

佑斯圖忽然鬆開下脣，整張臉都亮了起來。「沒錯！現在我知道該怎麼做了。」佑斯圖衝到工具棚的一個角落，開始東翻西找。「提圖斯叔叔不久之前買了幾件舊的防彈背心。」

彼得看著佑斯圖，懷疑的說：「防彈背心能做什麼呢？難道要我們穿上嗎？如果凱伊和卡斯特帶了槍，我根本不會靠近他們。」

「他們沒有帶槍。」哈利的聲音說。

「那我們也就不需要防彈背心，」彼得大聲說：「我們為什麼不乾脆把雷諾斯警探找來？他可以逮捕凱伊和卡斯特，那麼事情就解決了。」

「如果警察在逮捕他們的時候把晶片弄壞了呢？」佑斯圖激動的說：「到目前為止，他們只是計畫要去闖空門，還沒有真正實行。那個晶片是證明他們是小偷的唯一證據。如果晶片弄壞了，那哈利怎麼辦？」

彼得嚥了一口口水，不再吭聲。

「找到了，」佑斯圖從角落裡拉出兩件沉重的背心。「這些背心是金屬做的，很重，所以警方才把它們淘汰了。現在我們只需要讓凱伊和卡斯特穿上他們。」

「什麼？」鮑伯吃驚的說：「為什麼我們要讓他們穿上防彈背心？」

「我想我明白他的意思！」哈利的聲音聽起來很興奮。

鮑伯盯著那個聲音傳來的方向說：「可是佑佑根本什麼都還沒有說。」

「我猜到了他打算做什麼。」工具棚的門被一隻看不見的手推開，哈利的聲音說：「那具電磁起重機（註⑥）。」

彼得和鮑伯立刻往外看。提圖斯叔叔那臺老舊的電磁起重機懸在一座由廢棄物堆成的小山上方，提圖斯叔叔用它來把汽車殘骸一個個疊起來。佑斯圖眨眨眼睛，驚訝的說：「您猜對了，哈利。如果我們能讓他們兩個穿上防彈背心，就能用起重機的磁鐵把他們吸起來，他們就沒辦法反抗了。」

「這是行不通的，」彼得說：「這怎麼辦得到？他們比我們高又壯，我們要怎麼強迫他們穿上防彈背心？」

「不能用蠻力。」佑斯圖回答。

「那就得要用計謀。」鮑伯做出結論。

「沒錯。」佑斯圖表示同意，「哈利，您得要幫我們的忙。我有一個很棒的主意，您要幫忙我們說服凱伊和卡斯特穿上防彈背心。」

不久之後，三個問號就帶著那兩件金屬做的防彈背心來到那輛卡車旁邊。瘦子諾里斯和那兩個小偷仍然被關在卡車裡。

車身裡傳來凱伊和卡斯特爭吵的聲音。「都是你的錯，」凱伊指責卡斯特，「被這些人偶給騙了！」

卡斯特氣呼呼的說：「之前明明並不是人偶，而是那幾個小鬼！」

「噢，閉嘴！」凱伊回敬了一句。

三個問號看看彼此，露出笑容。接著佑斯圖要彼得去操縱那具起重機，他小聲的說：「去把磁鐵放下來，盡可能靠近那輛卡車。」

彼得靈活的爬進起重機的駕駛艙，把磁鐵朝卡車的方向移動，可惜只能移到卡車前面幾公尺的地方。

「可惡，」鮑伯喃喃的說：「就算我們能讓他們穿上防彈背心，從這麼遠的地方，磁鐵是吸不住他們的。」

佑斯圖點點頭，接著他小聲的說：「哈利，您不僅要讓他們從卡車裡出來，說服他們穿上背心，而且要引誘他們走到起重機下方。」

「可是如果他們穿上了背心，看見自己正朝著一塊磁鐵跑過去，他們一定會察覺到事情不對勁。」哈利提出質疑。

但佑斯圖微笑著說：「我們得要想辦法讓他們看著地面，讓他們不會發現那塊磁鐵。而要這麼做，我想我們只需要幾包麵粉。」

註⑥「電磁起重機」靠的是磁鐵的吸力，不需要用吊索和吊鉤，就能移動金屬製的重物。

15

回復原形

佑斯圖舉起了手。「哈利，您準備好了嗎？」

「是的，我就站在氣窗下面。」哈利的聲音傳過來。

「那我們就開始行動。」佑斯圖和鮑伯從瑪蒂妲嬸嬸的廚房拿來幾包麵粉，把麵粉整齊的撒在卡車氣窗下面的土地上。幾分鐘之後，卡車四周就鋪上了一層薄薄的麵粉地毯，一直延伸到那塊磁鐵的下方。

佑斯圖向操縱起重機的彼得揮手，接著又朝卡車的方向揮手，然後就和鮑伯一起躲進那部壓路機裡。

「但願我們會成功。」鮑伯小聲說。

「非成功不可。」佑斯圖回答。他們盯著那輛卡車看。

「凱伊？卡斯特？」哈利．貝克喊道：「你們兩個在裡面嗎？」

「哈利？」一個聲音從卡車裡傳出來，「你怎麼會在這裡？你想把我們怎麼樣？」

哈利嘆了一口氣。「我本來以為是你們派了那些男孩來追我，現在我才明白事情根本不是這樣。」

「什麼？」凱伊大喊：「明明是你跟那些小鬼結成一夥！就是因

為他們，我們才會被困在這裡！」

「不，」哈利大聲說：「這全都是誤會！那幾個男孩是一幫在岩灘市胡作非為的壞孩子。」

「我不就是一直這麼說的嗎？」諾里斯的聲音在卡車裡響起。「他們一出現，就會惹麻煩。一向都是這樣。」

「閉嘴！」卡車裡傳來一陣短暫的扭打，接著聽見諾里斯在尖叫：「不要把我綁起來！拜託不要塞住我的嘴！」然後就沒了聲音。

不久之後，卡斯特的聲音又再響起：「好吧，哈利，你有什麼打算？」

「我願意把隱身衣的技術賣給你們，可是你們得幫我處理這幾個

男孩。他們知道的太多了，不能讓他們把事情張揚出去。」

凱伊和卡斯特笑了起來。「沒問題，要讓幾個小鬼閉上嘴巴，這種任務再輕鬆不過了。」

「只不過有一件事，」哈利小聲的說：「我擔心那幾個男孩身上有武器。」

「什麼武器？」

「舊鏢槍之類的東西。不過，我替你們弄來了防彈背心。」

「我們會得到隱身衣？而且你不會把事情說出去？」

「沒錯，我同意所有的條件。」

「就這麼說定了。現在放我們出去。」卡斯特喊道。

「你們得先做好防護措施。」哈利回答：「那些男孩在地上撒了麵粉，為的是能看見我的腳印。我現在不能移動，他們就埋伏在這附近。我先把防彈背心遞給你們。」

哈利打開卡車的氣窗，那兩件背心看起來像是自己飄了進去。

「這是我們這個計畫中唯一的弱點，」佑斯圖低聲對鮑伯說：「如果他們兩個仔細思考一下，就應該明白我們會看見這一幕。」

鮑伯冒出了冷汗。「沒錯，佑佑，如果他們不穿上背心的話，我們該怎麼辦？」

佑斯圖搖搖頭，沒有說話，緊張的朝卡車望過去。接著氣窗被慢慢掀開，凱伊先鑽了出來，身上已經穿著防彈背心，他向身後招手，卡斯特隨即也鑽了出來。

「謝謝，」哈利大聲說，他走了一步，讓那兩個人看見他的腳印。

凱伊和卡斯特笑了。「那些小鬼還真聰明。」

「請別笑，」哈利懇求他們，「我們必須馬上離開這裡。如果被他們看見，他們就會發射鏢槍。」

他拉著凱伊和卡斯特往前走，那兩個人盯著麵粉上的腳印，看得入神，凱伊同時向四方張望。

「太棒了，他們根本沒有往上看。」佑斯圖開心的說。

佑斯圖看著起重機駕駛艙裡的彼得，彼得把身體縮了起來。

走了幾步之後，凱伊和卡斯特隨著哈利的腳印走到磁鐵下方。就在這一刻，彼得啟動了起重機，鮑伯想要笑，但是忍住了。那一幕實在太滑稽了：凱伊和卡斯特被磁鐵吸到半空中，一秒鐘之後，他們就像兩隻被蜂蜜陷阱吸住的蒼蠅，在磁鐵上掙扎。彼得從駕駛艙裡伸出頭來，喊道：「佑佑，鮑伯，成功了，我們抓住他們了！」

「這是怎麼回事？」凱伊大吼：「卡斯特，幫幫我！」可是他的伙伴就跟他一樣被磁鐵吸住，在他旁邊動彈不得。「可惡，」卡斯特忿恨的說：「又是個陷阱。」

「抱歉啦，」哈利低聲笑了。接著一個電腦晶片在半空中移動，哈利成功拿回晶片了！

鮑伯和佑斯圖從那部壓路機裡鑽出來。「哈利，祝您好運！」佑斯圖喊道。

「謝謝！我真心希望這個晶片沒有受損，也希望我能成功的把它塞進去。如果什麼也看不見，要把晶片塞進去實在很困難。」

只聽見輕輕一聲喀嚓，空氣中突然發出一道奇特的閃光，一個人形在三個問號面前漸漸出現。哈利．貝克從頭到腳都裹在一件閃著銀光的斗蓬裡。

三個問號吃驚的看著哈利盯著自己的手臂。「我又能看見我自己了，我不再是隱形人了。」他把斗蓬的帽子從頭上掀起，三個問號看見一個禿頭的矮小男子，他的藍眼睛閃閃發亮，滿臉欣喜。「噢，謝謝你們！我永遠不會忘記你們的協助。」

接著他抬起頭來望向那塊磁鐵。「抱歉了，兩位。但是我將立刻毀掉這個晶片。你們對我的窮追不捨、我那間被搗毀的實驗室，還有你們那些卑鄙的計畫，這一切都向我顯示出，這個世界還沒有成熟到能夠接受這種發明。」

凱伊揮動著雙臂，大聲的說：「哈利，你根本不能證明我們做過什麼。」

「所以你也威脅不了我們。」卡斯特露出獰笑。

哈利回敬他：「在那些安裝了我所設計的警報器的屋子裡，只要有哪一間被人闖入，我就會通報警方，讓他們去監視你們。」

凱伊和卡斯特拚命揮動手臂，憤怒的瞪著哈利。然後卡斯特大吼：「哈利，你真是個窩囊廢。我們本來全都可以發大財的。」

「彼得，動手吧，」佑斯圖喊道：「把他們甩到外面去。」

彼得點點頭。他動了一支操縱桿，把那塊磁鐵挪到回收場的圍欄之外，再慢慢把那兩個人放在地上。

「別忘了把防彈背心留下來。」佑斯圖對那兩個人喊。彼得關掉了磁鐵功能。

凱伊和卡斯特急忙脫下沉重的背心，朝他們那輛黑色大轎車跑過去。他們跳上車，「砰」一聲把門關上，踩下了油門。

「呼。」彼得吐了一口氣。

「是啊，」佑斯圖點點頭，「隱身帽不只屬於小矮人和魔術師的世界，它其實也是騙子和歹徒夢寐以求的東西。」

彼得和鮑伯嚥了一口口水。然後佑斯圖小聲的說：「假如我們沒有相信哈利說的話，說不定有一天我們大家都會大禍臨頭。」

那輛轎車的輪胎在馬路上發出刺耳的聲音，愈走愈遠了。

16
死對頭

這時，卡車裡傳出一陣無助的敲打聲，同時有一個被堵住的聲音含糊不清的說：「嘿，請放我出去！是我給了你們關於那一幫小鬼的線索！」

佑斯圖看著鮑伯和彼得說：「如果我們不想一直聽他在這裡發牢騷，那我們只好把瘦子諾里斯放出去。」佑斯圖走到卡車的後門，把門鎖打開，接著解開綁住諾里斯的繩索，拿開塞在他嘴裡的東西。

「喝！」三個問號的死對頭生氣的喊了一聲。

「現在你可以走了。」佑斯圖平靜的說。

諾里斯怒吼了一聲，從佑斯圖身旁擠過去，走出卡車。接著他露出惡狠狠的笑容說：「對了，你們知道明天一早我要去做什麼嗎？我要去占領你們的祕密藏身處。」

「什麼祕密藏身處？」佑斯圖冷靜的問。

「什麼祕密藏身處？」諾里斯語帶嘲諷的說：「就是那座滑稽的木頭水塔，我就是在那裡發現你們的。」

「我不知道你在說什麼。」佑斯圖鄭重的說：「我們從來沒有在一座木頭水塔裡待過，也沒打算要建一座。」

諾里斯笑了起來。「你愛怎麼說就怎麼說。」他瞪了佑斯圖、彼得和鮑伯一眼，怪叫一聲，跑出院子。

「可惡，」彼得小聲的說：「佑佑，他知道咖啡壺在哪裡。我們再也不能去那裡了。」

佑斯圖搖搖頭，思索著，然後他看著哈利。

「哈利，您那裡還有用來做隱身衣的材料嗎？」

那個發明家點點頭。「我的實驗室裡應該還有整整一捲。」

佑斯圖鬆了一口氣。「在您把那個晶片永遠毀掉之前，能不能幫我們一個忙呢？」

哈利．貝克露出了微笑。

此時，提圖斯叔叔的紅色小貨車駛進院子。三個問號訝異的看著提圖斯叔叔和瑪蒂妲嬸嬸下車。「哈囉，小朋友，那齣戲今天停演了。」瑪蒂妲嬸嬸失望的說：「主要演員生病了。真是可惜。」

佑斯圖向他的兩個朋友露出微笑。「人有時候就需要一點運氣。」說完他跑向他叔叔。「提圖斯叔叔，這叫做『塞翁失馬，焉知非福』。這位先生剛剛來到我們這裡。他有一些很棒的東西要賣給你。」

一個小時後，提圖斯叔叔和三個問號一起跟著哈利·貝克去到他在范杜拉市那間殘破的實驗室。提圖斯叔叔看著那一片混亂，同情的說：「您真的打算把所有的東西都賣掉嗎？如果稍微整理一下，您還是可以繼續在這裡工作。」

哈利笑了。「我也有這個打算，只不過這些器材已經沒用了。我將要著手研究一個新的領域，這件事我已經想了很久了。」他露出心滿意足的笑容。「是關於飼養蜜蜂。除了蜂蜜的製造過程之外，我也想研究蜜蜂的社會結構。」哈利指著一捆銀色的布料說：「這是我答應要送給這幾個孩子的東西。」

「這是什麼奇怪的布料？」提圖斯叔叔摸摸那發亮的織物，忽然嚇了一跳，把手縮回去。他吃驚的搖搖頭說：「我突然覺得好像看不清楚自己的手了。嗯，我想我該去配一副新眼鏡了。」佑斯圖、鮑伯和彼得看了看彼此，偷偷的笑了。

沒有多久，提圖斯叔叔的小貨車上就裝滿了東西。「再見！」哈利．貝克對著三個問號大喊。

「我很確定，我們會再見面的。」佑斯圖喃喃的說。

他們隨即踏上歸途，往岩灘市出發。他們悠閒的沿著海岸行駛，佑斯圖說出他心裡的想法：「假如我們不再能看見我們現在看見的這一切，那將會是個全然不同的世界。海洋、星星、山丘……」

「還有櫻桃蛋糕。」提圖斯叔叔插話。他指著放在駕駛座前置物架上的一大包東西說：「這是瑪蒂妲嬸嬸烤的，讓我們在路上當點心吃。親愛的姪兒，雖然我覺得你的哲學思考很有趣，但我覺得看見一塊櫻桃蛋糕固然很好，把它吃掉卻是更好。」

彼得和鮑伯笑了。接著小貨車裡充滿了吃得津津有味的咀嚼聲。

17

驚人的幻象

第二天一大早，天還沒亮，三個問號就展開了他們的計畫，要讓瘦子諾里斯大吃一驚。彼得站在咖啡壺的屋頂上，鋪上那發出銀光的布料，讓長長的布料一幅幅的往下垂。鮑伯和佑斯圖站在下面，用帳篷椿把垂下來的布料固定在地上。

「呼，」彼得呻吟了一聲，「我的手臂都快斷了。」

「撐下去，彼得！」佑斯圖對他喊。

「別擔心，我知道這件事有多重要！」彼得又再鋪上一幅布料，鮑伯抓住了布料尾端。

三個問號終於把這整座老水塔用布料覆蓋住。

「現在咖啡壺看起來就像是剛剛降落在地球的一個幽浮，」鮑伯說：「只可惜我們沒辦法乾脆讓諾里斯坐進去，然後把他送上月球。」

「沒錯，」彼得從上面向下喊：「假如我們能夠擺脫他，我甚至願意替他準備路上吃的食物。」

哈利．貝克的聲音突然在三個問號背後響起：「就算沒有幽浮，你們還是可以擺脫他。」

鮑伯嚇了一跳，轉過身去。不過這一次，那位發明家並沒有隱形，他向三個問號打招呼：「早安，小朋友，我實在非常感謝你們的幫忙。」他從口袋裡掏出一具小儀器還有那個電腦晶片。

彼得趕緊從水塔頂上爬下來。

哈利說：「你們那位特別的朋友今天不會找到這座水塔！不過，如果你們能夠讓他從此再也不敢在這裡出現，不是更好嗎？」他露出微笑，「隱形人能把人嚇壞，這一點你們也親身經歷過，因此我提議你們也一起藏在那塊布後面，我則從外面操作。」

「這個點子太棒了，」鮑伯發出歡呼，「看來我們這麼早起床是值得的。」

「好，」哈利把晶片塞進那具儀器，再把儀器固定在那塊布上。

「等這次的行動結束，我就會把這些東西全部銷毀，這個祕密將永遠藏在你們的腦子裡。你們準備好了嗎？」他看著鮑伯、彼得和佑斯圖。

三個問號表情嚴肅的點點頭。哈利說：「那就開始行動！」

三個問號躲進那塊布裡面，哈利啟動一個開關，不久之後，咖啡壺就漸漸消失。它的形體變得愈來愈模糊，忽然之間，它整個不見了，只看得見它後面的樹木和天空。

「成功了，」哈利喊道：「看不見你們了！」

「太妙了，」佑斯圖喃喃的說：「實在太妙了。」

「是很妙沒錯，可惜卻也很危險。」哈利加了一句。

「不過，在某些情況下也很有趣。」佑斯圖咯咯的笑了。此時，

一陣摩托車的引擎聲傳來，從通往岩灘市的馬路上朝這裡接近。

「好，現在我去躲起來。」哈利小聲說，他跨越了那段舊鐵軌，躲在樹叢後面。

「哈囉，三隻小豬，」一個聲音從另一個方向傳來，「你們已經做好防禦工事了嗎？只可惜你們毫無機會。諾里斯叔叔現在要來把你們趕走了。」摩托車的聲音愈來愈接近。

接著諾里斯轉過最後一個彎道。可是當他發現眼前沒有水塔，只有樹木和灌木叢，他臉上得意的獰笑頓時消失。

「怎麼會有這種事？」他吃驚的喃喃自語，「難道我走錯路了嗎？它明明是在這裡啊！」他把摩托車扔在一邊，朝著隱形的咖啡壺走了幾步。「可惡，在這片野地裡，每個地方看起來都是一個樣子。」

「幸好他不記得那段舊鐵軌，」鮑伯輕聲對他的兩個朋友說：「否則他就會知道自己沒有記錯。」

就在這一刻，諾里斯的目光落在那段鐵軌上。他用拳頭敲了一下自己的額頭，大聲說出他的念頭：「假如我記得那裡有沒有鐵軌就好了。」接著他搖搖頭，自言自語的說：「不對，鐵軌旁邊怎麼會有一座老舊的木頭水塔？那裡不可能住人啊，光是火車的噪音就會讓他發瘋。所以說，那座水塔一定是在樹林裡面。奇怪了，我明明記得……」諾里斯拿不定主意，朝著隱形的咖啡壺走了幾步。

「佑佑，如果諾里斯再往前走，他就會撞上咖啡壺。」

「沒錯，」佑斯圖回答：「我們該出場了。」接著他捏著嗓子喊：

「瘦子諾里斯！站住！」

諾里斯的表情僵住了。「哈囉，有人在這裡嗎？」

「哈囉，」突然有三個聲音一起回答：「來自岩灘市的小伙子，你在這裡找什麼？這裡不是你該來的地方！」

諾里斯嚇了一跳。「哈囉？」他目光閃爍的四處張望。

「我不喜歡你，」佑斯圖又捏著嗓子說：「你又卑鄙又狡猾！我在想，也許我該把你縮小成只有兩公分高！」

諾里斯打起哆嗦，接著突然以百米賽跑的速度衝向他的摩托車。

彼得忍不住笑了，躲在布幔後面的他趕緊伸手掩住嘴巴。就在這時候，諾里斯被佑斯圖和彼得先前圍起的絆腳索絆倒，一頭栽倒在沙地裡。他睜大眼睛，吐出嘴裡的沙子，喃喃的問：「這是怎麼回事？」

「火星。」佑斯圖怪腔怪調的說。

「火星？」諾里斯蹲了下來。「這裡有來自火星的人嗎？拜託請不要用雷射槍射我！」他的眼睛突然發亮，「那兩個穿黑衣服的人難道是在捕捉外星人嗎？我發誓我跟他們不是一夥的，拜託讓我走吧！」

佑斯圖、彼得和鮑伯從布幔的縫隙偷偷望出去。雖然他們不喜歡諾里斯，可是看著他蜷縮在那裡，萬分害怕的蹲在地上，還是讓他們很同情。他們縮回了布幔裡。

「啊，我們還是讓他留在地球上吧。」鮑伯變了個聲音說：「反正我們不會再回來了。這裡實在太原始了。」

「非常原始。」彼得也出聲附和。

「地球人對我們沒有用處，」佑斯圖又開口了，「除非是把他們關進動物園！」

「好主意！」彼得咯咯笑了，「在宇宙蟲和太空鼠（註⑦）之間還有一個籠子空著！」

「我不要被關進動物園！」諾里斯的眼淚都快掉下來了，「求求你們，我是屬於地球的。噢，拜託，拜託！我發誓我絕對不會說出去，不會告訴任何人我遇見過你們。可是求求你們讓我活下去！我再也不會到這裡來了。」他央求的看著前方的空氣，可是沒有人回答他。

諾里斯訝異的揉揉眼睛，然後迅速跳上他的摩托車，急馳而去。

三個聲音在他身後輕輕的笑了。

「朋友們，」其中一個聲音說：「那麼這件事應該也解決了。」佑斯圖隨即從布幔後面鑽出來。起初看見的是他的腦袋，接著是他的手臂和身體。彼得和鮑伯也跟著鑽了出來，回到能看得見的世界。

哈利·貝克也從他躲藏的地方走出來，關掉那具儀器，咖啡壺又漸漸現出形狀。哈利和三個問號一起把布幔從水塔上拉下來。

在燦爛的晨光裡，三個問號的祕密藏身處昂然聳立。佑斯圖、彼得和鮑伯快樂的看著它。

「咖啡壺啊，」佑斯圖說：「我們還是留住了你這個老朋友。」

「幸好我們救了它，」鮑伯點點頭：「如果少了它，就太遺憾了。」

「沒錯。」彼得笑了，「三個問號和咖啡壺萬歲！」

「我們來生一堆營火吧？」哈利·貝克提議，把那堆布幔、那具小儀器連同那個電腦晶片堆在一起。

「好。」三個問號大聲說：「也要謝謝您，哈利！」

「不必客氣，」哈利回答：「要不是有你們幫忙，說不定我得要永遠隱形下去。而我還是更喜歡自己現在的樣子。」

接著他點燃一根火柴，扔進那堆布幔中。

註⑦ 宇宙蟲和太空鼠是彼得捏造出來的太空生物。

3個問號偵探團——08

幽魂陷阱

作者｜波里斯・菲佛
繪者｜阿力
譯者｜姬健梅

責任編輯｜呂育修
封面設計｜陳宛昀
行銷企劃｜吳函臻

發行人｜殷允芃
創辦人兼執行長｜何琦瑜
副總經理｜林彥傑
總監｜林欣靜
版權專員｜何晨瑋、黃微真

出版者｜親子天下股份有限公司
地址｜台北市104建國北路一段96號4樓
電話｜(02)2509-2800　傳真｜(02)2509-2462
網址｜www.parenting.com.tw
讀者服務專線｜(02)2662-0332　週一～週五：09:00~17:30
傳真｜(02)2662-6048　客服信箱｜bill@cw.com.tw
法律顧問｜台英國際商務法律事務所・羅明通律師
製版印刷｜中原造像股份有限公司
總經銷｜大和圖書有限公司　電話：(02)8990-2588

出版日期｜2021年4月第二版第一次印行

定價｜300元
書號｜BKKC0044P
ISBN｜978-957-503-962-2(平裝)

訂購服務
親子天下Shopping｜shopping.parenting.com.tw
海外・大量訂購｜parenting@cw.com.tw
書香花園｜台北市建國北路二段6巷11號　電話(02)2506-1635
劃撥帳號｜50331356　親子天下股份有限公司

立即購買 >

國家圖書館出版品預行編目資料

3個問號偵探團. 8, 幽魂陷阱 / 波里斯.菲佛文 ; 阿力圖 ; 姬健梅譯. -- 第二版. -- 臺北市 : 親子天下股份有限公司, 2021.04
面；　公分
注音版
譯自 : Die drei ??? Kids Die Gruselfalle.
ISBN 978-957-503-962-2(平裝)
875.596　110002705